星と輝き花と咲き

松井今朝子

講談社

星と輝き花と咲き

もくじ

装画　北沢平祐
装幀　高柳雅人

姿と心

人間生きてて何ひとつ無駄なことはあらへん、というのがお勝の口癖である。

ほんまにそやろか、と綾之助《あやのすけ》は思う。いつもそれを聞くたびに疑いたくなる。なにしろお勝は嘘つきなのだ。自分の母親だということがまず嘘なのだから、とても信用できない。

「しっかりして、ほんまに可愛い坊《ぼん》だすなあ。将来が楽しみでっせ」

綾之助が人からそんなふうにいわれると、お勝はうれしそうににこにこしている。うちでは「嬢《とう》ちゃん」と呼んでるくせに、「ぼん」といわれてなぜ平気なのかもわからなかった。

綾之助は本名が藤田園《その》という、まぎれもない少女である。それなのに髪の毛を短く刈って、紺絣《こんがすり》の筒袖《つつそで》を着ているので、男の子と見分けがつかない。

「とうちゃんが赤い着物《べべ》は嫌いやというたからやないの」とお勝はこちらのせいにするが、それだって本当かどうか怪しいものだと思う。

もっとも綾之助は自分でも女の子であることが嫌なので、なぜそうなのかを考えて、ある遠い記憶にたどり着いた。

綾之助の実父は石山源兵衛という、大阪南の心斎橋にほど近い畳屋町に店を構えた錺《かざり》職人で、お勝はその妹、すなわち綾之助にとって本当は叔母にあたる女《ひと》だった。

祖父は維新前に雲州松江藩の蔵屋敷に勤めており、石山家はれっきとした士族の家柄だと聞かされていた。お勝は同じく士族の藤田家へ嫁いだが、早くに夫を亡くし、実家の近所にもどって独り暮らしをしている。

「兄さんは子だくさんやさかい、ひとりくらい私《あて》にくれたかて、罰は当たりませんやろ」

といいだしたのは綾之助が六つのときで、そのやりとりをそばでぼんやり聞いていた。

お勝と源兵衛はあまり似たところのない兄妹だった。源兵衛は鼻すじが通って涼しげな目をしている。昔は美丈夫で通った口だ。男のわりに色白で、酒を呑めばすぐに肌がぽおっと赤らむが、決して弱いほうではない。一升やそこらは平気でやる。至って陽気な酒だ。そのときも晩酌でほんのり赤い顔を見せて上機嫌に話をしていた。

お勝はやや斜眼《すがめ》ぎみで、その目をあちこち動かしながら、唇を突きだしてよくしゃべる。なんでもずけずけいって、一度いいだしたら一歩もあとへは退《ひ》かない。ああいえばこういうで、相手が根負けするまで唇をたゆみなく動かし続けるたちだった。

数ある甥や姪のうちで、お勝は日ごろ綾之助をことのほかひいきにしていた。

「お園ちゃんは兄さんに一番よう似てる。ほんまにきれいな顔をした可愛らしい子や」といったものだ。たぶんそのせいで、源兵衛は「そんなら、お園を育ててみい」と応じたのだろう。

自分の名前が出たことで綾之助はがぜんお勝の顔を見守った。ところが意外にも、そこにはあきらかに不満の表情が見てとれた。

「なんで男の子をくれまへんね。女子《おなご》では役に立ちまへんがな」

確かにそう聞いた憶えがある。

「ハハハ、ぜいたくをいうたらあかん。お前かて女子やないか。女子は女子を育てたらええのや」

「女子では役に立ちまへんがな」との声が耳に残って、いつまでも消えなかった。

自分は役に立たないから実の両親に見捨てられたのだろうかという疑いが、いつしか幼心に居座ってしまった。

石山の家は間口の広い二階建ての住まいで、子だくさんの上に雇いの職人もいて、常に人の出入りが多かった。お勝に手を引かれてその家を出るときは、「近所やさかい、淋しうなったら、いつでも戻って来《き》いや」といわれたが、だれがいったのかもわからないくらい、大勢がにぎやかに見送ってくれた。

お勝の住まいは狭い路地に面した平屋建てで、六畳二間と四畳半に台所と坪庭がついた、ふたり暮らしには十分すぎるほどの広さがあるわりに、隣近所の声や物音がよく聞こえるから、淋しくなる気づかいはなかった。

ただし綾之助は食事どきを除いて、昼間はその家にいることがまずないといっていい。毎日暗くなるまで近所の子と表で遊びほうけている。遊び仲間は概《おおむ》ね男児だが、同年輩のだれよりも躰と声が大きいから、竹馬に乗ろうが、木登りをしようが、喧嘩になろうが、決して負ける気はしなかった。泣かされてしまうのはいつも男児のほうである。

綾之助は明治八年生まれだが、この時代よくあることで、戸籍の届出が遅れたから世間には二つ年下で通っており、同年輩の男児に体軀が勝るのは当然ともいえた。

しかしその子たちが尋常小学校に行ってしまうと、遊び相手に不自由した。娘を小学校に行かせる親は近所に稀で、たいていは家の手伝いか習い事をさせている。お勝は自身が得意な三味線の稽古をさせたがり、綾之助はそれが嫌でいつも家を飛びだしてしまう。行き先はたいがい路地を一本へだてた新助老人の住まいだった。

新助は義太夫節《ぎだゆうぶし》の師匠として石山の実家に出入りをしていた。大阪の者は義太夫節を浄瑠璃と呼んで、時に「じょおろり」と訛《なま》る者もある。

浄瑠璃はそもそも浄瑠璃姫と牛若丸の恋物語に始まった語り物で、竹本義太夫という名人の出現によって義太夫節が席巻し、二百年の長きにわたって大阪には欠かせない音曲《おんぎょく》とされてきた。

本職の太夫や三味線弾きの多くは今や道頓堀を遠く離れて松島新地の文楽座で興行をしているが、義太夫節を習う素人はいずこの町にも大勢いて、素人天狗が集まると傍《はた》迷惑な喉自慢が始まるのは後世のカラオケとよく似ている。

石山の実家では年に何度か近所の素人天狗が寄り集まって、二階の広間でめいめいが自慢の声を披露した。顔を真っ赤にして、障子紙がぶるぶるふるえるほどの大声を張りあげ、物語の人物になりきって時にワアアアと泣き、時にワッハハハと大笑いして、日ごろの憂さをここぞとばかりに発散したあと、疲れた喉を酒で潤す宴会となる。新助はその連中に稽古をつけて、本番では三味線の伴奏をしてやる。

綾之助はある日たまたま新助と道でばったり行き合い、「とうちゃん、ええもん見せたろか」と誘われるままに自宅を訪ねて、実にふしぎな人形を見せてもらった。姉様人形の着せ替え遊びには見向きもしなかった少女が、老人の家にある何体かの人形を見て、たちまち虜《とりこ》となったのだった。

大きなものだと二尺ほどもある人形で、「とうちゃん、よう見ててやあ」といいながら新助がネジを巻くと、手足や頭がぎくしゃくと動きだす。亀に乗った浦島の人形は釣り糸を垂れ、弁天様は琵琶を弾きだし、小さな手を器用に動かして前に置いた半紙にきれいな字を書く童子人形もいた。綾之助はつぶらな眼をきらきらさせて、それらの動きにすっかり見とれた。

新助が人形の躰を半分に割って、中の仕掛けまで見せてくれると、綾之助はますます夢中になり、つい歯車やゼンマイにまで手が伸びてしまう。

「あっ、あかん。とうとう壊してしもたがな」

細面《ほそおもて》で筋張った顔をした新助がぎょろっとした眼でにらんだときは、さすがのおてんば娘も泣きそうな顔をした。すると相手はすぐに眼を細めてこういったものだ。

「ハハハ、ゼンマイ仕掛けに触《さわ》るとは、ほんまに男の子みたいな、怪体《けったい》な娘《こ》じゃわい。かまへん、かまへん。わしがちゃんと直してやるさかい、せえだい弄《いじ》っとったらええ。ああ、しかし、惜しいもんじゃのう。昔なら、わしの跡継ぎに仕込んでやるとこやけど、今はもう竹田のカラクリは時代遅れで、この人形も行き場がのうて困っておる」

かつて道頓堀で多大な人気を博した竹田カラクリの見世物も、維新後はいつしかすっかり廃《すた》れて、元は細工師の新助が人形の一部をわが家に持ち帰っていたのである。

今の新助は家で素人に義太夫節の稽古をつけており、弟子が来ると、綾之助は奥の部屋でカラクリ人形の仕掛けを好きに弄らせてもらえた。

稽古が始まると、太棹《ふとざお》の三味線が家中にベンベンと大きく響きわたって、嫌でも耳に飛込んでくる。新助の渋い声に続けて、下手くそな素人の唸り声も襖越《ふすまご》しに聞こえてくるから、綾之助はまさしく門前の小僧となり、ある日われ知らず甲高い声が口をついた。

「母様《はわさま》にも祖母様《ばばさま》にも、これ今生《こんじょう》の暇乞《いとまご》い」

これには新助がまた目を細めた。

「ほう、よう憶えたのう。そこから先は、続けられるか？」

「この身の願い叶うたれば、思い置く事さらになし。十八年がその間、ご恩は海山かえがたし。討死にするは武士《もののふ》の、習いと思《おぼ》し召し分けられて、先立つ不孝は赦《ゆる》してたべ」

いっきにそこまで語ると、新助は大きく手を打った。

「おお、みごとなもんじゃ。『太十《たいじゅう》』の健気な十次郎《じゅうじろう》にぴったりの、ええ声じゃなあ」

「太十」とは『絵本太功記《たいこうき》』という浄瑠璃の十段目を短く縮めた俗称で、「太閤記」の羽柴秀吉と明智光秀が真柴久吉《ましばひさよし》と武智《たけち》光秀の名で登場する。

物語は本能寺の変のあと、光秀の母皐月《さつき》が尼ヶ崎《あまがさき》村に隠棲するところへ、孫の十次郎が訪ねて出陣の許しを乞い、討死に覚悟の出陣を前にして、許嫁《いいなずけ》の初菊《はつぎく》と祝言をあげるまでが前半の筋立てだ。

後半は僧侶に化けて家に潜入していた久吉と間違えられて、皐月が息子の光秀に竹槍で刺されて死ぬという悲劇を迎える。皐月は謀反《むほん》を起こして主君の春長（信長）を討った光秀を強く非難し、自らがわざと竹槍に刺されて久吉の身代わりになったことを光秀に打ち明けた上で、断末魔に及んでなおも息子に厳しい意見をするのが聞かせどころとなっている。

「主《しゅう》を殺したアアア天罰ウウのオオオ、報いはアアア親にもオオこの通りイイイ」

綾之助がたまげるほどの大声を張りあげて、皐月の最期をみごとに語ったところで、新助はぎょろりとした眼を光らせて、感に堪えない調子でつぶやいた。

「なんちゅう子や……ほんまにこの子は、なんちゅう子や……」

語る文句の意味はほとんどわからなかったが、綾之助は耳で憶えた通りに語り、節まわしもほとんど間違えなかった。新助はそれが「天の与え」だとみてお勝に知らせ、娘は養母の前でそれをもう一度繰り返すはめになった。

「どないだす？　びっくりしまっしゃろ」

「新助はん、あんたいつの間に仕込んでくれはったん？」

「仕込んだんとちがいますがな。隣りの部屋で稽古を聞いてて、勝手に憶えはったんや。こら天から授った神童としかいいようがおまへんで」

大人に賞《ほ》められて喜ばない子どもはないし、子を賞められて喜ばない親もまずいないといってもよい。綾之助は次の日さっそくお勝に連れられて実家に行き、そこでも実の両親を有頂天にさせた。

「これやったら身内だけで聞いてるのは勿体《もったい》ない。明日にでもうちに人を呼んで聞かせたろやないか」

と源兵衛もさっそく親馬鹿ぶりを発揮する始末だ。

大阪の町では浄瑠璃を聞いたことがない者を探すほうがむずかしいともいえる。中でも「太十」は初心者がかならず習う曲だから、ほとんどが知っていて、招かれた近所の連中はみなその節まわしのしっかりしていることや、詞《ことば》が粒だって聞こえるのを賞賛し、綾之助の天性を認めないわけにはいかなかった。

こうなればお勝も放ってはおかれず、新助に多額の束脩《そくしゅう》を納めて正式に稽古を頼んだ。新助は改めて「太十」を一から教え直して、声の出し方や節まわしの細かい点に厳しく注文をつけたが、綾之助は呑み込みが早く、「太十」はますます磨きがかかって、師匠はすぐにこの曲をあげてもよいとみたようだ。

「次の曲は何がよかろうなあ。子どもに向いてるのは、やっぱり子どもが出てくる『あわなる』か……」

見立てたのは『傾城《けいせい》阿波の鳴門』という浄瑠璃で、これまた大阪人らしく縮めて「阿波鳴」と呼んでいた。

「阿波鳴」は盗賊になった夫に従うお弓という女の物語である。お弓がたまたま前を通りかかった幼い巡礼の娘に何げなく身の上話を聞くと、それは三歳で国元の祖母に預けた実の娘お鶴だと知れた。お鶴は実の父母に会いたくて巡礼となり、母子は偶然に再会を果たしたが、お弓の夫はお尋ね者で、夫婦ともども追っ手がかかる身だから、娘を巻き添えにしないよう、わざと母とは名乗らずに泣く泣く別れるという筋立てだ。

親の名を訊かれたお鶴が、

「アイ、父様《ととさん》の名は十郎兵衛《じゅうろべえ》、母様《かかさん》はお弓と申します」

と可愛らしい声で答えれば、これが綾之助の姿に重なって、聞く人びとの涙を誘わずにはおかなかった。

母子の別れ際に「父母《ちちはは》の恵みも深き粉川寺《こかわでら》」という巡礼唄を聞かせるのが曲中の眼目で、

「ちーちイイイはアはアアアのオオオ、めーエエエぐウウみイイイもー、ふウウウかアきイイイ、こーかアアアわアアアでーエエエらー」

綾之助はきれいに澄んだのびやかな声でこの巡礼唄を存分に歌いあげた。

「おお、おお、器用に小節《こぶし》をまわしよる。巧いもんじゃのう」

「聞いてて気持ちがようなる、ほんまにええ声じゃ。本職の太夫でも、こうはなるまい」

なぞと石山家の二階に呼び寄せられた近所の連中はまんざらお世辞でもなく賞めそやし、綾之助の美声に惚れ込んで、町内の誇りだとまでいいはじめる始末だ。

実の両親は「阿波鳴」を聞くたびに涙を拭うのが大変そうだが、綾之助はその様子を見て、妙にしらじらと冷めた気分になるのがわれながらふしぎだった。心の中に何か大きくどんと居座っていたものが取り除かれて、急に風通りがよくなったような気分だけれど、なぜそんなふうになるのかはまだわからなかった。

浄瑠璃の素人天狗たちは大阪中のあちこちに集って何かと会を催している。盛んに催されるのは新町の茶屋で、天狗連が客に振る舞う酒食お目当てに、老若男女が大広間をぎっしりと埋めつくすが、新助はその手の会に綾之助をよく連れて行くようになった。

天性の美声の持ち主はあらゆる座敷で人気者となり、評判が評判を呼んで、しだいに新助の知らない連中からもお呼びがかかりだす。

綾之助が一段をしっかり語ると、「褒美になんぞ好きなもんをあげよ」とよくいわれるが、「そんならお酒を戴かして」と素直に答えてしまう。実父が酒好きで、自らも三歳から口にしており、語り終わって火照った喉を湿らせるのはとても心地がよかったのだ。

「よっしゃ、そんならたっぷり呑ましたるでえ」

と大きな朱塗りの杯になみなみ注がれたときは、「無理すなや」「残してええんやで」という心配の声を聞き流してこくこくと呑みほし、「はい、おかわり」といったから、座敷中が大騒ぎである。

「ハハハ、こりゃたいしたもんじゃ。このぼんは大物やで」

「いずれ文楽座の立派な太夫はんになるやろ。どれ今のうちに唾《つば》つけて、贔屓《ひいき》の初名乗りをしといたろやないか」

新助はこうした騒ぎをいつもにこにこしながら見ていたが、だんだんそれだけでは物足りなく思われてきたのか、

「いっぺん本職の太夫さんに聞かせてみたいが、さて、どなたはんがええやろ」

と首をひねるようになった。

過去の縁故をたどれば本職の太夫と会わせるのもさほど難しいわけではないが、せっかくなら相手も大物にしたい。聞かせるなら、やはりあの太夫がよろしかろうと判断して、それなりの根まわしをした上で、お勝に相談を持ちかけている。

「お園ちゃんの浄瑠璃を、いっぺん住《すみ》さんに聞いてもらえるように段取りをしましたけど、一緒について来てもらえまへんか？」

「住さんて、竹本住太夫はんのことだっかいな。あの目ェの見えん……」

「目ェの見えんお人は、見える者《もん》よりも耳がたしかでおます」

「そやけど相手は紋下《もんした》の太夫やおへんか。そんなえらいお方に、ほんまに聞いてもらえますのか」

とお勝が驚いたのは無理もない。

新助が会う手はずをつけた相手は四代目竹本住太夫。この当時、人形浄瑠璃芝居には文楽座に対抗する彦六座《ひころくざ》が存在し、住太夫は彦六座の紋下、すなわち一座の最高位に就く人物だったのである。

住太夫は生まれながらの盲人で非常に勘が鋭く、また記憶力も抜群で、浄瑠璃の本を他人に三度読ませたら、すべての文句を諳《そら》んじてしまえるのだと噂されていた。

「新助はんは一体どないして住さんとお近づきにならはったん？」

「近づきも何も、わしかて初めて会うお方だす。昔の遊び仲間に彦六座の人形遣いがおって、嬢《とう》ちゃんの話をそいつにしましたんや。将来の彦六座を背負って立つような、ええ喉をした子がいるのやけど、いっぺん聞いてもらえへんやろかと駄目元で頼んでみたら、向こうもえらい興味を持たはったらしいて、案外気さくに応じてくれはったんだすわ」

「へえぇ、そうだっか。おたくがもともと竹田カラクリの細工師やったいう話は前に聞いた覚えがあるけど、そのつながりで、あてらが住太夫はんにお会いできるやなんて。ああ、やっぱり人間生きてて何ひとつ無駄なことはありませんのやなあ」

と例の口癖も飛びだすくらいに、お勝は浮かれていた。

住太夫のもてなしはお勝の懐にゆだねられた。亡夫から受け継いだ貯えはそこそこあって、芸事には金を惜しまぬたちであるのを、新助はもとより過分な束脩で見抜いていたにちがいない。

戸籍上は九歳、本当は十一歳になったばかりの春、梅がようやくほころび始めたころに、綾之助はお勝と新助に挟まれるかっこうで彦六座に向かった。

彦六座の劇場《こや》は心斎橋にほど近い船場の博労町《ばくろうまち》稲荷社内にあって、大阪の中心部を離れた松島新地の文楽座を圧倒する勢いになったので、文楽座のほうも去年から同じ船場の御霊《ごりよう》社内で興行を始めている。綾之助母子は両座ともによく足を運んだが、この日は芝居が終演《はね》たあと、道修町《どしようまち》の八百源という老舗料亭にあがって住太夫を待つ身となった。

弟子に手を引かれて座敷に入ってきた住太夫は黙って床柱の前に座った。つやつやした坊主頭と腹を突きだした恰幅《かつぷく》のいい躰つきは舞台の床《ゆか》に座っているときと変わらなかったが、ぴんと張った肩衣《かたぎぬ》を着けていないから、姿はひとまわり小さく見える。閉じられたまぶたには暗い影が落ち、綾之助は子ども心にその顔が少し怖いような気がした。

が、いざ語りだすと、いつものように目の前にいる人のことなどまるで気にならなくなって声を出すことだけに集中する。むしろ新助のほうが本職を前に舞いあがったのか、三味線の手を何度も間違え、弦《いと》に当たらぬスカ撥《ばち》で音が出なかったりもしたが、綾之助はさほど気にすることなく得意の「阿波鳴」を披露した。例の巡礼唄を朗々と歌いあげれば、住太夫の弟子からほうっと感心したようなため息が洩れる。

無事に一段を語り終えると住太夫は自ら手を打って綾之助をねぎらい、新助とお勝の口からも安堵のため息が洩れた。

「ぼんはいくつになる？」と住太夫は口を切った。綾之助は相変わらず男子のような恰好をしているが、目の見えない人までが間違えたのにはびっくりして、とっさに返事ができず、代わってお勝がしゃしゃり出た。

「へえ、当年とって九つで」

「まだちょっと早いかもしれんが、わしの元へ預けてみなさらんか。将来《さきざき》が楽しみやで、養子にしてもええくらいや」

「へえ、あの……それがあいにくと……」

ここに来てお勝と新助は万事休すの面もちで目を見合わせている。

「お師匠《しょ》はん、すんまへん。怒らんといとォくなはれ。ほんまは、この子、お娘《むす》だんねん。娘やというたら、とても聞いてはもらえんやろと思て。決して悪気でだましたつもりやおへん。堪忍しとォくれやす」

新助は平謝りで、お勝も共に両手をついてふかぶかと頭を下げた。綾之助も左右に倣《なら》いはしたが、下を向いた頰はまん丸にふくらんで、唇がつんつん尖っている。

なぜ自分が詫びなくてはならないのか、さっぱり解せないといったところだ。

住太夫とて機嫌のよかろうはずがない。音に人一倍敏感であるはずの身が、男子と女子の声を聞き間違えるとは言語道断というわけで、しばし口をあんぐりと開けていた。

「ほんまに女子なんか……」

「へえ、ほんまにうちの娘で……」

お勝がおずおず答えると、たちまち太夫ならではの大きな笑い声が弾けて襖紙《ふすまがみ》をふるわせた。

「ワッハッハッハッハッ、こりゃおかしい。わしとしたことが、すっかりだまされてしもたがな。弁解するわけやないけど、よほどしっかりした喉をしてるのやろ。女子の声には聞こえなんだ」

「へえ、おおきに。ありがとさんでおます。天下の住太夫師匠にそう仰言《おっしゃ》って戴いたら、わしの耳も節穴でなかったことがわかって、ほんにうれしうございます。この子はやっぱり尋常な子やないんですなあ」

新助はわが子のように喜んでいた。

「この子はほんまに女子離れした、強い喉をしてます。男子《がき》でも甲高い声は出しよるが、首の太さが違うさかい、ふつうやったら声の違いはすぐわかりますやろ。この嬢《とう》ちゃんは華奢《きゃしゃ》な首やのに、男子顔負けの、ふくらみのあるええ声や。こら天の与えとしかいいようがおまへん」

ここで一瞬、住太夫が白目を剝いてふたたび怖い顔になった。

「声のええ子やったら、ほかにいくらでもおる」

「へ、へえ、左様《さい》で……」

「素人が教えたさかいかもしれんが、節まわしはでたらめなとこが多い」

調子に乗った新助は、ぴしゃりと鼻柱をへし折られたかっこうだ。

「わしが感心したんは声やない。その子の心や」

「へえ、心……と申しますと？」

「浄瑠璃は声がいくらようても、心がないと話にならん。その子には『阿波鳴』の心がちゃんと語れてる。自分でも何か感ずるとこがあったんやろ。教わっただけで、そう気持ちを込めて語れるもんやない。浄瑠璃を語れる心こそが、その子の天分やと思わなあかん」

と住太夫は断言した。

綾之助はそのやりとりを聞いて、ぼんやりと過去のある顔が目に浮かんだ。それはお勝に手を引かれて石山の家を出るときの母の顔だった。

ああ、自分はあれを想いだして「阿波鳴」のお鶴とお弓の気持ちになりきったのかもしれない。「太十」はほとんど意味がわからず新助から教えられた通りに声を出していただけだが、お鶴は自分と歳が近いから、気持ちに添えるところがあった。

思えばいくら家が近所でも、母と別れてお勝叔母さんと暮らすのはとても哀しかったのだ。その哀しい気持ちをお鶴に重ねて声にぶつけたのだろう。そしてそれを聞いた両親が涙を流したので、きっと自分は気が済んだのだ。こちらは気が済んだのに、両親は何度聞いてもまだ泣いているから、妙にしらけた気持ちになったのかもしれない。

お父ちゃんもお母ちゃんも、なんで今さら泣くんや。私《うち》がほんまに泣きたかったんは、あのときやったのに……。

「ええか、ぼん。いや、嬢《とう》ちゃんやったなあ」

と、住太夫はやさしい声で綾之助に話しかける。

「あんたの喉はいくらでも声が出るし、思いきり声を出したら、ええ気持ちやろ。違うか？」

綾之助は黙って頭をこっくりさせてから、相手が盲人だと気づき、あわてて返事をした。

「ああ、はい。巡礼唄を歌《うと》たら、いつも胸がすうっとします」

「ハハハ、そやろ、そやろ。なんでも歌うのは気持ちがええもんや。しかし浄瑠璃は歌たらあかんのやで」

「はあ？　歌たらあかんのですか……」

「そうや。歌いとうても、歌たらあかん。なまじええ声が出ると、本職の太夫でも肝腎のそのとこをはき違えてしまうもんがいるくらいや」

と住太夫はにがにがしげに吐き捨てた。それはだれかほかの太夫を非難するような調子でもあった。

「ええか、嬢ちゃん。浄瑠璃を語る上で一番大切なんは心や。人にたとえたら声は姿のようなもんや。いくら姿がきれいでも、心がなかったら人でなしやろ。浄瑠璃も同じこっちゃ」

「姿と心……」

綾之助はその言葉に強くひっかかるものを感じた。

「浄瑠璃は声で歌うもんやない。心で語るもんや」

「心で語る……」

「左様。心で語るんや。物語に自分の気持ちを重ねて、人にぶつけるんや」

「ああ、それはいわれんでも、ようわかってます」

と天下の住太夫に向かって堂々といい返したのには皆びっくりで、新助とお勝はうろたえたようにぺこぺこと頭を下げまくる。

「えらい生意気なことを申しまして、すんまへん」

「ほんまに気がきつい子ォで、どんなりまへん」

「ハハハ、気がきついくらいやないと、芸はものにならん。しかし惜しいもんやなあ。わしが育てたらきっと彦六座でも文楽座でも通用するやろに、惜しいかな、女子ではそれこそどうにもならんがな」

女子では役に立たないと、またいわれてしまったのが、綾之助は悔しかった。自分ではどうにもならないことではないかと思うと、ますます悔しい。

その悔しさは浄瑠璃にぶつけるしかない。浄瑠璃の中では男にでも女にでもなれる。若い者にも年寄りにもなれる。声を思う存分に出すことで、何もかも発散できる。

住太夫に天分のお墨付きをもらったから、勢い新助の稽古にも熱が入った。「阿波鳴」の次は『由良湊《ゆらのみなと》 千軒長者《せんけんちょうじゃ》』の「山別れ」の段で、これは山荘太夫《さんしょうだゆう》に買われた安寿姫《あんじゅひめ》と対王丸《ずしおうまる》が汐汲みと柴刈りの仕事を命じられて泣く泣く浜辺と山へ別れて行くというお話である。

「歌人《うたびと》の三十一文字《みそひともじ》の種となる、由良の湊の風景は、筆に及ばぬ眺めとて、まだ溶けやらぬ谷の戸の……」

と語りだしたところで、この日の綾之助はくらっと目まいがした。それからも頭がぼうっとして、新助にさんざん叱言《こごと》を喰らっても、いつものように奮起して稽古を続ける気になれない。春のぽかぽか陽気のせいか、どうにも眠くて眠くてしょうがないのである。

「今日はもう止《や》めとこ。そんなんでは稽古にならん」

新助はめずらしく本気で怒ったような顔をして三味線を下に置いた。綾之助は挨拶もそこそこにわが家へ逃げ帰るはめになった。

「えらい早かったやないの。稽古はもう済んだんか？」

とお勝にいわれたら、なんだか無性に腹が立った。

「なんや、その怖い顔は。なんで黙ってるんや。大体あんたはしゃべらん過ぎや。まるでお母ちゃんに声を聞かせるのは惜しいみたいに、むっつりしてからに。ほんまに愛想がない子やなあ」

綾之助は土台お勝のほうがしゃべり過ぎなのだと思う。人と会っても、こちらが話す分までべらべらとしゃべるから、綾之助はふだん無口にならざるを得ない。

それにしても女はなんだってあんなにべらべらしゃべれるのだろう、と近所の小母さんたちを見ても思うようになった。どうでもいいようなことを延々としゃべり続けていられる気持ちがよくわからない。娘たちも同じだ。こっちが黙っていると、いちいち何かとうるさく訊かれるので、だから女の子と遊ぶのは苦手なのだと思う。

「ほっといてんか。うち、もう寝るさかい」

「寝るて……あんた、まだ晩ご飯も食べてへんやないの」

「そうかて眠たいんや。寝かせてくれたかてええやないのっ」

声が裏返ってあまりにもきつい調子になったから、自分でもびっくりした。そのまま立ちあがると、何やら生温かいものがすうっと太腿《ふともも》を滑り落ちて畳を濡らしたからまたびっくりする。

「わっ、血ィや。お母ちゃん、えらい病気になった。うち死んだらどないしょう」

綾之助はめっぽう真剣だが、お勝はふきだしている。

「ハハハ、それは病気やない。嬢《とう》ちゃんがほんまに女子になった証拠や」

女子には月に一度かならずそういうことがあるのだと聞かされて、綾之助は本当に死んだほうがましだと思えるくらい憂鬱な気分になった。こういうことがふいに起きるのでは、もうおちおち竹馬にも乗れず、木登りをしてもいられないではないか。

自分はいくら男子の姿をしても、男子に負けないつもりでいても、女子に生まれた現実は覆しようがないのを突きつけられて、綾之助はすっかり気持ちがめげてしまった。

そのときふと、住太夫から聞いた「姿と心」の話が想いだされた。

自分は男子の姿をしても、心は女子だということなのだろうか。しかし、それはどうもちがうような気がする。近所の娘と遊ぶ気になれないのは自分の心のほうで、つまり姿のほうが女子なのではあるまいか。

そう思うと、どちらを大切にすればいいのか綾之助はわからなくなった。そもそも人はなぜ男と女に分かれて生まれてくるのかという、素朴な疑問が湧いてくる。

「女子には、なんでこんなもんがあるのやろ……」

と、いかにも憂鬱そうにつぶやいたら、すかさずお勝がぴしゃりといった。

「それは女子にとって一番大切なおしるしや。無駄なことやないのが、今にわかります。人間生きてて何ひとつ無駄なことはあらへん」

と、ここでまた例の口癖が出た。

草木もなびく東京へ

梅雨になるとお勝はいつも洗濯物が乾かないといってぼやくが、この年の梅雨はとてもそんな騒ぎではない土砂降り続きだった。それこそ天水桶の底が抜けたような激しい降り方は梅雨とも思えず、長堀川や道頓堀は日ましに水かさがあがっており、島之内《しまのうち》の住人はそれに目を瞠《みは》るばかりだった。

「お母ちゃん、心斎橋も戎橋《えびすばし》も杭がもう見えんようになったある。泥水がいっぱいで渦巻いてて、橋が流れそうで、うち怖なってしもた」

と綾之助が家に駆け込んで報告したときはお勝の表情にもまだ余裕が感じられた。

「秋の大風ならともかく、梅雨で橋が流された例《ためし》はあらへん。こんだけぎょうさん降ったら、きっと梅雨が明けるのも早よおますやろ」

ところが雨は一向に降り止まず、淀川が決壊して松島や立売堀《いたちぼり》のあたりが浸水したという噂が聞こえたのは六月の半ば。それからいったん雨は降り止んで、水が退いたと聞いたのは束の間、六月の末には大阪の町にふたたび凄《すさ》まじい豪雨がもたらされていた。

「水や、お母ちゃん、土間に水が入ってきた」

綾之助がそう叫んでからみるみる水位は上昇し、真っ黒な泥水に畳を舐められる恐れが出てきたところで、お勝はついに決断した。

「あかん。これはもう兄さんのとこへ逃げるしかないわ」

ほんの少しの着替えを風呂敷に包んで表に出ると、水は綾之助の腰のあたりまで来て、足を動かすのも容易ではない。あちこちで悲鳴と怒号が飛び交い、茶簞笥やら土間にある水瓶やらがぷかぷか浮いてこちらの躰をかすめてゆく。一緒に流されたら一巻の終わりだと思えば涙が出るほど怖くなった。

風呂敷を首にくくりつけてふたりで手を取り合いながら、ともかく必死に実家を目指し、実の両親ともども一族全員が二階に立て籠もって水が退くのを待つしかなかった。水は軒下の近くまで来てようやく退いてくれたが、家のあと片づけや掃除がまた恐ろしく大変で、綾之助にとってはこれが人生で最初に味わった苦労らしい苦労といえる。

明治十八年の夏に起きたこの大洪水で大阪市中の橋は天満橋をはじめ三十八脚が流失し、浸水した家屋は五万戸をゆうに超えて、被災者は二十三万人にも達した。町の復興は徐々に進んだものの、その間はだれしも暢気に芝居見物をするどころの騒ぎではないから、いかに町で親しまれた人形浄瑠璃とて劇場の再開は難しい。

もっとも芸人は各地に動きまわれるのが強みで、文楽座は紋下の竹本越路《こしじ》太夫《だゆう》を筆頭に、一座をあげて東京へ出稼ぎに行ってしまった。

後に小松宮家から受領して摂津大掾《せっつのだいじょう》を名乗る二代目竹本越路太夫を、綾之助はもちろん文楽座で何度か見ている。眉毛の濃い、きりりとした細面《ほそおもて》の二枚目だが、顔にまさって美しいのはその声だった。

越路太夫が声を高く張りあげると、澄んだ青空に枝を突きだした桜のつぼみが一時にぱあっと開く心地がした。声が微妙に揺れながら低くなると、満開の花びらがハラハラとこぼれ落ちるようだった。その声を聞けば、目の前で繰り広げられる人形の舞台よりも、はるかに美しい情景が鮮やかにまぶたに浮かぶのだった。

越路太夫はその昔、まだ徳川の時代に江戸へ下って人気を博した実績があり、当時からのご贔屓《ひいき》も少なくなかった。そこで浅草猿若町《さるわかちょう》に文楽座を新築し、津太夫や大隅《おおすみ》太夫、人形遣いの吉田玉造《たまぞう》、桐竹紋十郎《きりたけもんじゅうろう》といった豪華な顔ぶれの引っ越し一座で旗揚げをしたところ、七十五日間大入り満員の大盛況を成し遂げた。

ただし猿若町の文楽座が賑わったのは最初の興行のみで、一座の大半はすぐに帰阪したが、越路太夫はその後もほうぼうの寄席から引き合いが来て、東京に留まっている。彼が出演すると寄席はどこも大入り満員になり、評判が評判を呼んで、越路を聞かないのは東京人士の恥だとまでいわれ、素人のあいだでも義太夫節の稽古が盛んになった。

つまりは風が吹けば桶屋が儲かるの口で、大阪の大洪水が東京に空前の義太夫ブームをもたらしたのだから、世の中は全く何が幸いするかわかったものではないのである。

とにかく越路太夫の東京での人気は凄まじかった。歌舞伎の九代目市川團十郎、落語の三遊亭円朝と並んで三幅対の名人と讃えられ、あらゆる寄席から引っ張りだこだという噂は大阪にも伝わってきた。

「越路さんの出はる寄席は木戸銭が十銭から十五銭にものぼるそうでっせ。こっちやったら人形がついて五銭ですやろ。素浄瑠璃《すじょうるり》で十銭もとるのは法外やけど、東京ではその値ェでも大入りになるさかい、越路さんは一段語ったら、なんと三十円もの給金を取らはるちゅう話でんがな」

「へええ、そら凄いわ。向こうでそれだけ稼げたら、もうアホらして、こっちへ帰って来られまへんで」

などと近所の小うるさい女たちが噂するのも綾之助の耳に入った。

警察官や小学校教師の初任給が七、八円の時代だから、浄瑠璃を一段語って三十円は破格に過ぎる報酬で、案じられた通り、越路太夫は年明けに一度帰阪したものの、翌年の春にはふたたび東京へ旅立ってしまった。

綾之助はこの年から鶴澤清右衛門《つるざわせいえもん》という本職の三味線弾きの元で義太夫の稽古をさせられている。素人に習ったせいで、節まわしにでたらめなところがあると住太夫に指摘されたのが尾を引いたのか、年が改まったのを機に、お勝は師匠を替えたのである。

綾之助は新助老人の手を離れたくはなかったけれど、向こうはお勝にいわれて潔《いさぎよ》く身を退くつもりになったのか、

「嬢《とう》ちゃんはそれだけの素質《すじ》があるのやさかい、本職の師匠について、もっとしっかりと習わなあかん。わしが教えられることはもうなんにもない」

と素気《すげ》なくいって、自分のほうから別れを告げた。

清右衛門はお勝自身が嫁入り前に三味線を習った師匠だという話だが、年輩はさほど変わらないようで、髪はくろぐろとしてむしろ若く見える。ややのっぺりして芸人特有のつや光りした顔で、お勝が今でも相手を憎からず思っているふしがあるのは、声の調子や物腰で子ども心にもそれとなく知れた。

その清右衛門が相方の生駒《いこま》太夫と共に東京へ行くという話を聞かされたのは、春も終わりのころだ。

「どないだす、お勝さんも、このお園ちゃんを連れて、わしらと一緒に東京見物へ出かけまへんか」

との持ちかけを、お勝はまんざらでもなさそうな顔で聞いている。

「東京なあ。そら、あても一生のあいだにいっぺんは行って見たい思うけど、なんせ遠いとこやおまへんか」

「遠いというたかて、昔みたいに十日や二十日も歩き通しで旅せなあかんのとはちがいますで。それこそ越路さんは汽船《ふね》で往ったり来たりしたはりますがな」

「えらい熱心に誘てくらはりますのやなあ。あんたまた巧《うま》いこというて、向こうでもあてから小遣いをせびろちゅう魂胆とちがいますか」

お勝はずっけりいって、斜眼《すがめ》でちらっとにらむような真似をした。

「ハハハ、何を人聞きの悪い。そやけどまあ、こう大阪が不景気やと、芸人は生きていかれまへんで」

「それで東京へ行ってしまわはるんだすか。草木もなびく東京へ、ちゅうとこでおますなあ。大阪はますます淋しうなりますがな」

「そやさかい、一緒に行こて、誘てますのやないか。このお園ちゃんを連れて」

と清右衛門は言葉尻の声を強めた。

「越路さん人気にあやかったかして、向こうでは近ごろ女義太夫がえらい流行《はや》るそうでっせ。わしはお園ちゃんの稽古をしてて、おべんちゃら抜きで、ほんまにええ声やし、音遣《おんづか》いも達者なもんや。この歳でこれだけ立派に語れる子はおらん。男の子やったら、文楽座でも彦六座でも豆太夫《まめたゆう》として売りだしにかかるとこやろ。そやからいっぺん向こうの寄席に出してみたら、皆ひっくり返りよるやろと思いましてなあ」

「あほらしい。寄席に出すやなんて。この子はこれでも、れっきとした藤田の家の跡取りでっせ」

とお勝は思わぬきつい口調になる。士族の体面がいたく傷つけられたという面もちだから、相手はあわてて弁解しはじめた。

「まあ、こっちは浄瑠璃の本場やさかい、多少なりとも語れたり、太棹三味線《ふとざお》が弾けたりする女子《おなご》はそうめずらしうもないし、それをわざわざ銭払てまで聞くちゅう者《もん》は、おおかた色気がお目当てで、女義《じょぎ》は娼妓と変わらんように見てますけどなあ。東京では案外そうでもないらしいと聞いてますのや。東玉《とうぎょく》をご存じでっか？　あれも今は向こうで立派にやってるそうでっせ」

「ふうん、東玉はんがなあ。あの人の浄瑠璃はたしかに女子でもたいしたもんでした。そやけど女義が東京で流行るて聞いたら、あてはちょっとふしぎな気がしますけどなあ……」

お勝は知らなかったが、東京は意外なことに江戸の昔から義太夫節を語る女芸人が数多くいたのである。天保の改革による取り締まりで三十六人もの女義太夫が召し捕られて入牢するなど、一時は厳しい弾圧を受けながらも、芸はほそぼそと伝承された。明治維新後は寄席に公然と出られるようにもなって、みごとに息を吹き返したかっこうだ。

そこにまず名古屋で修業を積んだ竹本京枝《きょうし》の一行が乗り込んで人気を博した。次いで大阪から竹本東玉の一行が上京し、実力伯仲の両人がしのぎを削るかっこうで、しだいに寄席の人気を集めはじめていたのである。

「なあ、一緒に行きまへんか」

と清右衛門はしきりに誘ったが、お勝は至って気のない返事をした。

「東京見物はしたいけど……まあ、あんじょう考えときまっさ」

とはいえ東京の二文字が心のどこかにくっきりと刻まれたのはたしかだろう。

清右衛門が旅立ってからふた月ほどして、大阪の町が洪水に次ぐ新たな恐怖に見舞われると、お勝はすぐさま東京行きを決意した。

「今日もまた近所で葬式がふたつもありましたがな。昔から大水が出たあとはコロリたらコレラたらいう流行り病に気ィつけなあかんと聞かされてたけど、道頓堀の劇場《こや》はせっかく建て替えたばっかりやのに、今年の夏はみな閉じんならんそうやし、毎日のように近所の人がコロコロ逝くのを見てたら、明日はわが身で、お茶もおちおち飲んでられへん。藤田の家を絶やさんためにも、どうぞあてらを東京へやっとォくなはれ」

と兄の源兵衛に訴えて、石山家の親戚に東京で医者をしている平井という人物がいるのを聞きだすと、そこへさっそく手紙を書き送って滞在先にした。

ちなみに東海道線が全通して大阪東京間が二十時間で結ばれるようになったのはこれより三年後の明治二十二年であり、綾之助とお勝は大阪駅からまず神戸に向かわなくてはならなかった。

神戸港から乗り込む郵船には、人間よりも先にぞろぞろ入ってゆく群れがあり、

「お母ちゃん、見て。牛や、牛や。うちら牛と一緒に横浜へ行くみたいやで」

と綾之助は驚きの声をあげたものである。

お勝が奮発して二等船室に入れたからよかったようなものの、丸二昼夜の船旅では船が揺れるたびに牛が鳴き騒いで糞尿を垂れ流すので、牛舎と並んだ船艙の三等船室では、臭い、臭いと悲鳴があがっていた。

女のふたり旅は不用心だし、ことに娘は人さらいに遭う恐れもあるという理由で、綾之助は相変わらず男装《おとこづくり》をさせられている。横浜で船を降りたあともやはり用心のため、その足

でまっすぐ東京に向かった。

船の揺れもさることながら、堅い座席に座って小刻みに揺すられる陸蒸気《おかじょうき》の震動が身にこたえたのか、綾之助は新橋停車場《ステンション》の歩場《プラットホーム》に降り立ち、改札場へ向かうあいだも躰がぐらぐらとして、足はまるで宙を踏むようだった。ぼうっとした気分には、むろん東京にやって来たという昂奮も手伝っているのだろう。

停車場からふたり乗りの人力車で小橋を渡ると、そこから急に道が広がって、煉瓦《れんが》建ての洋館がずらずら並んだ。が、綾之助は別の物に目を奪われた。

「お母ちゃん、見てみい。大きい馬車や。ぎょうさんの人を乗せて、線路の上を走ってるがな。ああ、あっちからも来よった。やっぱり東京は凄い町やなあ」

大阪は市中の道幅が狭いため、大きな馬車にはお目にかかれなかった。それゆえ綾之助の心は初めて見る馬車鉄道の虜となったのだ。

「通りが広いさかいか、風通しがええなあ」

「こう風がきついのはたまらんわ。せっかく梳《と》かした髪《あたま》がまたワヤになりますがな」

相変わらずぼやきの多いお勝だが、銀座大通りの煉瓦街を駆け抜けて日本橋を越すと、俥は右に曲がって小路へ入った。そこからは大阪の島之内界隈とさほど変わらぬ仕舞《しも》た屋ふうの家並みが続き、どこの家の戸口にもかならず置いてある植木棚が涼しげに見える。

俥が停まったのは浜町と久松町の境にあたる板塀の前で、扉を開けた冠木門《かぶきもん》から中を覗くと、白いペンキで塗られた洋館風の二階建てが目に入る。手前には棕櫚《しゅろ》の樹が植わって、ひと目で医者の家と知れた。

玄関を入るとすぐに女主人の出迎えを受けた。ふっくらと丸みを帯びたやさしい顔の持ち主がこちらを見て少し首をかしげている。

「まあ、可愛らしい坊ちゃん……あら、たしかお手紙だと、お嬢ちゃんのはずじゃ……」

長逗留をする母子には裏の離れがあてがわれた。荷解きをしても十分な広さがあり、ちょうど出てきたときの蒸し暑い大阪の家とは比べものにならないほど涼しくて、居心地は申し分がなかった。

「大阪からはるばる出てらっしゃったんだから、遠慮せずに長くいらっしゃいよ。東京見物にはまず当分飽きないでしょうからねえ」

と家のあるじも親切にいってくれる。

平井医師は源兵衛やお勝の又従弟にあたると聞いて、綾之助はどこか似ているところはないかと探したが巧く見つからない。おまけに相手は洋服を着ているから、親戚といえど、まるで別世界の住人である。すましていると一見とっつきが悪そうだが、鉄欄《てつわく》の円《まる》い眼鏡がご愛敬で、笑えばとても人が好さそうな顔になるから助かったというところだ。

家には看護人や女中もいるのに、実にひっそりとしているのは子どもがいないせいだろう。そのせいもあってか平井夫婦は母子をめっぽう歓迎して、銀座の煉瓦街を案内したり、俥で宮城《きゅうじょう》のお堀端を見せてまわったりした。

東京の町はとにかくどちらの側にも山が見えないくらい広いせいか、大阪よりも人が少なくて閑散としているようだった。大通りでは人がみな黙々と行き交い、そこらじゅうで立ち話が目につく大阪とはえらいちがいで、どこもかしこも整然として静かである。

もっとも人がけっして少なくないのを知ったのは、近所の千歳座《ちとせざ》に連れて行かれたときだ。まだ白木が芳《かぐわ》しい新築の大劇場で、ぎっしりと埋まった客席に身を置いて、綾之助母子は目下東京で一、二を争う人気役者の五代目尾上菊五郎を見た。

「ほんまにええ男で、威勢がようて、見ててほれぼれしますなあ。近ごろは大阪でも中村鴈《がん》治郎《じろう》ちゅう若手の二枚目が売りだしてえらい人気やが、役者はやっぱり顔のええのが何よりでおます」

お勝は平井夫婦にそう話しながらも、綾之助に向かっては「東京の芝居はなんやあっさりし過ぎて頼りないなあ。踊りにしても、地方《じかた》の声が甲高うて耳障りや」と相変わらずケチをつけたものだ。

「さあ、明日はどちらへ参りましょう。浅草はもう見てまわったから、こんどは舟で隅田川を上ってみましょうか」

などと夫人はさかんに母子をもてなそうとし、よくそれに付き合わされる平井医師は、綾之助を見てくれ通りの男子のように扱う。

「君は東京で何が一番気に入ったか、いってごらん」

と訊かれたのは明日の案内先を決める手がかりにしたかったのだろうが、綾之助はとっさ

のことで、

「あ、はい、馬車です」

「馬車？　馬車といわれてもねえ……」

「へえ、大阪ではあんな大きい馬車を見たことがなかったさかい……」

うなだれて答えると、相手はアッと小さく叫んで膝を打った。

「そうだ、あれがいい。明日はチャリネを見に行こう」

「チャリネてなんだんねん？」

と、すかさずお勝が口をはさんだ。平井医師はわれながら妙案といった面もちで得々と語った。

「今ちょうどチャリネという伊太利《イタリー》人の一座が秋葉原で曲馬を披露している。それが巷《ちまた》で大評判だから、僕も一度見たいと思ってたんですよ。小栗判官《おぐりはんがん》そこのけの曲馬のほかに、動物がたくさん出て、いろいろとおかしな見世物もあるらしい。子どもにはもってこいだ」

曲馬の開演は夜の七時だという話で、一行が俥で向かったのは陽が傾きはじめたころである。初秋の澄んだ夕焼け空に色とりどりの幟《のぼり》が翩翻《へんぽん》とはためき、巨大なテントの屋根がくっきりと浮かびあがったさまはまるで夢に見るような光景で、蟻が蜜に群がるように大勢の人がぞろぞろとテントの内に吸い込まれてゆく。

テントは頂上が三つあり、曲馬は中央の一番高い山の下で披露され、手前の山は獣苑と称して檻《おり》に入った動物を見世物にしている。

アフリカ獅子や印度バナレスの虎、同じく印度の象や瘤牛《こぶうし》、南米伯剌西爾《ブラジル》の大蛇、濠太剌利《オーストラリヤ》の駝鳥。いずれも初めて目にする珍獣だけに、平井医師と綾之助は檻のそばに寄って熱心に見ており、お勝と夫人は獣の臭いに閉口して遠巻きに眺めていた。

「いかん、入場券を買わなきゃ」

と平井医師が叫んだときは、綾之助も啞然とした。あわてて売場に駆けつけても、時すでに遅しで、本日は大入り満員の札止めだといわれてしまった。

「わざわざここまで来て、木戸突かれるやて、えろう鈍くさい話でんなあ」

お勝は遠慮なくぼやきはじめ、綾之助はしょんぼりとし、平井夫婦は呆然としてなすすべもないありさまである。折しも小柄な男が前を通りかかって、

「おや、平井先生じゃござんせんか。こんなところでおめずらしい」

と声をかけた。薩摩上布の着流しに角帯をきりりと締めたいなせな装《よそお》いで、きっちり七三分けにした髪が油でてらてらと光っている。

「やあ、近藤君か。君こそこんなところで会おうとはねえ」

「へへへ、実は音羽屋がこれにいたくご執心で、ちょいと頼まれましてね。先生はどうなさいました？」

やや甲高い声で話す近藤と呼ばれた男の顔を綾之助は思わずじっと見つめた。年齢はいくつか見当もつかないが、顔はしわもたるみもなくぴんと張って、つやのある肌をしている。頰骨がとがって小鼻のふくらんだ獅子鼻で、唇が横に大きく開いたやや品のない人相だが、

くりっとした眼にはなんともいえない愛敬がある。その眼を俊敏に動かしてこちらを見た。

「そちらの坊ちゃんもご一緒で？」

「ああ、親戚の子がせっかくこっちに来てるもんで、見せてやろうとしたんだが、あいにく入場券が売り切れで、実に残念なことをしたよ」

「へええ、先生のご親戚に、こんな可愛らしい坊ちゃんがおいでになるとはねえ。わかりやした。ここまで来て、見せずに帰《けえ》すのはあんまりだ。あっしがひと肌脱ぎやしょう。ちいと待っててておくんなさい」

男は素早くテントの中に消え、ふたたび入口にあらわれるとさかんに手招きをする。用意されていたのは最前列四人掛けの枡席で、手品か魔法でも見せられたような早わざに、一行は口をあんぐりさせた。

別れの挨拶をして男が後ろ姿を見せると、お勝は待ってましたとばかり平井医師の耳もとに口を寄せた。

「何者だんねん？」

「ああ、あれは実に便利な男でしてねえ。しかしこんどばかりは僕もほとほと感心したよ。まさかここまで顔がきくとはねえ」

平井医師は男の顔の広さに驚いた様子だが、綾之助が驚いたのはとてつもなくでかいラッパの音だ。次いで洋楽の鼓笛が緩やかに鳴り響いた。音が徐々に高まり、速まるにつれて、巨大な円形の雛壇席をぎっしりと埋め尽くした観客がしいんと静まり返ってゆく。

天井からは米国新発明を謳《うた》った硝子箱《ガラスばこ》入りのガス灯がいくつかぶら下がっていた。それらは間近で見ればまばゆくとも、如何《いかん》せん広い会場は黄昏《たそがれ》どきを想わせる薄暗さだから、ともすれば眠気を誘われてしまう。紅い帷《とばり》の向こうから急に飛びだしてきた白馬の群れを、綾之助はまさに夢見心地で眺めた。

黒のビロード服に金ぴかの胸飾りを付けた男女が白馬にまたがって、みごとに足並みをそろえながら二騎ずつ、あるいは三騎ずつで優雅に弧を描き、馬が後肢で踏ん張って前肢を高々と持ちあげたりするのはまだほんの序の口だ。二頭で併走する馬の鞍に男が両足を広げて立ち、さらにその頭上に女を立たせるという離れわざは、場内に大きなどよめきを生んだ。

次いで一騎がけで登場した馬上の女が仰向けざまに馬の尻から地面に落ちた瞬間、場内にキャアッと悲鳴があがる。馬から落ちた女は片脚をひっかけたまま疾走する馬にずるずる引っ張られるかっこうだ。一時はどうなることかと思われたが、そのまま馬場をぐるりと半周したところでやおら身を起こしてふたたび鞍上に無事な姿をあらわせば、

「なんや、あれも芸のうちかいな。ほんまにびっくりさせられたがな」

とお勝が皆の気持ちを代弁している。

ひやひやしたのはそればかりではない。大きな鉄の檻に自ら閉じこもって三頭の虎を鞭《むち》で自在に操る男に、観客は惜しみない喝采を送ったものだ。二頭の象が出てきて長い鼻の先で旗を振ったり、赤い洋服《ドレス》を着た猿が馬上で滑稽なしぐさをしたり、顔を真っ白に塗った男が

一本足で器用に踊ったりすると、場内はたちまち笑いの渦に包まれた。

綾之助は見るものすべてが夢のようで終演後しばらくぼうっとして、「どうだ、面白かったかい？」と平井医師に訊かれても、ろくに返事ができない。

「いくら面白うても、所詮あれは下手物《げてもん》や」

お勝は例によって陰口を叩いた。

「そやけど下手物でも芸は芸や。芸で身を立てて他人様からお金《あし》を取ろ思たら、だれしも命がけや」

しみじみとつぶやいてもいる。

「ええか、お園。釣り好きと漁師は天と地ほどのちがいがある。漁師なら板子一枚下は地獄やという覚悟をせんならん。芸で身を立てるとなったら、やっぱり地獄を見る覚悟が要りますのやで」

千歳座があるせいか、平井家の近所には漁師ならぬ芸で身を立てる住人が少なからずいた。素人も習い事がさかんなようで、三味線の音が聞こえてこない日はない。お勝はそぞろ芸好きの虫が騒ぎだして、自らも三味線を弾き出した。つれづれの慰めにもなろうかと、組み立て式のを大阪からわざわざ持参した甲斐があったというわけである。

チントンシャンと軽やかに響く細棹の三味線とはちがい、太棹はズンドンデンと低音が畳を揺さぶるように響くから、裏の離れで弾いても表に筒抜けで、これに綾之助の美声が加わるとなおさらだ。

「君は本当にいい声をしてるねえ。僕もこの界隈でいろいろと聞いちゃァいるが、玄人《くろうと》でもこんなに気持ちよく聞かせてもらえることはめったにない。さすがに義太夫の本場で育った子はちがったもんだ」

と手放しで賞めた平井医師は、どうやらそれを患者の家に吹聴したらしい。

「通りすがりにたまたま聞いた人が、寄るとさわると君の声の話になるそうだ。どうだい、近所の皆さんに、一度ちゃんと聞かせてもらえないだろうか」

同様の頼まれ事は大阪でもしょっちゅうあったから、母子に異存はなかった。かくして平井家の母屋に十人ばかりが集められて、まずはお得意の「阿波鳴《あわなる》」を披露に及んだ。

お勝は人前で聞かせるときも、弦をわざとゆるめた水調子《みずぢょうし》でボロンボロンとそっけなく弾いた。三味線を聞かせるつもりは毛頭なくて、ただ綾之助に間合いを取らせるためだけに弾くのだった。

綾之助の第一声に人びとはがやがやとした。それは目の前の可愛らしい子どもが出すとは思えない、とても深みのある朗々とした声で、詞《ことば》のひとつひとつが粒だって聞こえるから、おのずと浄瑠璃の物語にぐいぐい引き込まれてゆく。

「ちーちイイイイはアはアアアのオオオ、めーエエエぐウウみイイイもー、ふウウウかアきイイイ……」

巡礼唄のくだりになれば、ほうっと感嘆のため息が洩れ、すすり泣く声もあがって、だれもが平井医師の自慢を認めざるを得ないかっこうだ。

その夜に聞いた者の口から評判が広まって、われもわれもと押し寄せる人が続出し、綾之助はそれから何度となく母屋に引っ張り出されるはめとなった。

「ほんに健気で可愛らしい坊やだねえ。うちの孫と取っ替えたいくらいだよ」というお婆さん、「ようし、褒美になんでも好きなものを買ってやろう」というお爺さんが何度も欠かさず訪れて、同じ曲を飽きずに聞いてくれる。いつしか綾之助は昼間に東京見物をして、夜は自分が見物されるという毎日だ。

「それにしても毎度あんなに大声を張りあげて、よくぞ喉が潰れないもんだ。この子はよほど声帯《スチムバンド》が強いんだろうなあ」

と感心しきりの平井医師は、新たな聴衆を次々と増やしていった。

ある晩、母屋に集った客の中でじいっとこちらを見つめる目と目があって、綾之助はそれがチャリネの曲馬で世話になった男の顔だとすぐにわかった。客が皆ぞろぞろ引き揚げていったあとも、その男は独り残って平井医師と話をしている。

「ハハハ、君がそこまでいうとはたいしたもんだ。僕も鼻が高いよ」

平井医師は上機嫌で、その男を改めてお勝に紹介した。

「これは近藤久次郎君といって、界隈じゃ近久《こんきゆう》で通る人物でしてね。といっても何をしてるんだか、僕もよくは知らないんだがねえ」

「ホホホ、そりゃまあ頼りない話でおますけど、平井センセのようなお方のお知り合いに悪いお人はおまへん。その節はいかいお世話に与《あずか》りましたが、あれは一体どんな魔法を使わはりましたんや？」

チャリネの件はお勝もしっかり憶えていた。

「へへ、ありゃ種も仕掛けもござんせんよ。音羽屋が急用で見られなくなって、あっしが先方へ断りに行った。そのすぐあとにお会いしたもんで、せっかくのいい席を無駄にしなくて済んだんですよ。あれでこっちも先方に顔が立って、逆にお礼を申したいくらいでした」

謎解きを聞いてうなずきながら、お勝は斜眼でじろっと相手を見る。

「音羽屋ていうたら、菊五郎はんのことですわなあ。そしたらおたくは菊五郎はんの番頭はんでっか？」

「いやいや、そうじゃござんせんで。あのときはたまたまそばに居合わせたもんで、ひとっ走りしたんですがね。音羽屋とは市村座のご縁でよく存じておりやして」

五代目尾上菊五郎は役者として舞台に立ついっぽうで、かつては市村羽左衛門《うざえもん》の名で座元を兼任し、近藤久次郎は浅草にある市村座の座方《ざかた》を務めていたという。菊五郎と共に市村座を離れて、今は千歳座の幕内でさまざまな用事を頼まれるらしい。なにせ要領がいい男だから、だれもが便利がって重宝し、そのつどだれかに貸しを作り、そこからまた顔が広がってどんどん便利な男になってゆくという仕組だろう。何かと込み入った事情が多い興行界には、昔からこの手の便利な男が欠かせなかった。

近久こと近藤久次郎はくりっとした眼で双方の顔を窺いつつ、甲高い早口でまくし立てる。

「今、先生にも申しあげようとしたんですがね。この坊ちゃんの義太夫は本当に玄人はだしだ。長年芸界で飯を喰ってるあっしの耳にくるいはねえ。こりゃここだけで披露するんじゃ勿体ねえように存じまして」

「どないせえ、言《ゆ》はるんだす？」

相手の勢いをそぐような低い調子でお勝はゆっくりと応じる。

「あっしが口をききやすから、寄席でご披露なすっちゃいかがで？」

「あきまへん。この子はいやしくも藤田家の跡取りでおます。寄席の芸人なんぞにさせるわけにはいかんのや」

お勝は相変わらずこの手の持ちかけにはにべもないが、いかにも木で鼻をくくったようなあしらい方には自分でもちょっと気が差したらしい。作り笑いを浮かべていい足した。

「それにいくら達者やいうても、所詮は子どもの芸だっせ」

「いやいや、あっしゃ坊ちゃんの巡礼唄に心底しびれちまった。ちゃんと腹の底から出した義太夫節の声で、ああいう花のある甲声《かんごえ》が聞かせられるのは、さしずめ越路太夫か、この坊ちゃんくらいですよ」

天下の越路太夫と比べられてはさすがにお勝の顔も面映《おもは》ゆげだが、一瞬そこに何やらハッと気づいたような表情が浮かんだ。

「なるほど、そういうことだっか。太夫の名人はほかにいくらもあるのに、なんで越路さんだけが東京でそこまで受けるんか、あてはずっとふしぎに思てましたが、きっと東京のお人は高い声がお好みなんやろ。千歳座で見た菊五郎はんの踊りでも、清元《きよもと》たらいう地方《じかた》がえらい甲高い声でおました」

舞踊では踊り手を立方《たちかた》、踊りに合わせた曲の合唱及び器楽演奏者を地方と呼ぶ。地方によく使われる清元節は本来義太夫節と同じ語り物の浄瑠璃だが、「語る」というよりもむしろ「歌う」に近い甲高い声の出し方をして、もっぱら江戸で好まれ、大阪とはほとんど無縁の音曲だ。

「高《たけ》え声、結構じゃありませんか。聞いたら耳がかあっと火照るような声なればこそ、人にお金《あし》を出させる値打ちがあろうというもんだ。坊ちゃんの声にはそれだけの値打ちがある。ご立派な跡継ぎをむりやり芸人にさせようとは存じません。ただ、あっしはこの天から授かった声を、もっと大勢の人に知らせたいと願うばっかりでして」

鉄欄の眼鏡を鼻にそって持ちあげながら、平井医師が静かに口をはさんだ。

「つまり君は……この子が天才だというわけだね」

「へえ、左様で。天才を見つけたら、見つけた者は、それを世間に引っ張り出す使命がございます」

近久は妙に力んだいい方をした。

「寄席に出るのがお嫌なら、見巧者《みごうしゃ》ならぬ聞き巧者をこちらへ連れて参りやしょう。どうかその方々にも聞かせてやっておくんなさい」

そこまでいわれると、お勝も折れざるを得なかった。

「まあ、人間生きてて何ひとつ無駄なことはあらへん。あなたにお会いして、お頼まれするのも何かのご縁やろ。そやけどなあ、ひとつ、いうときたいことがおますのや」

「へえ、なんでござんしょう？　何かご心配があったら、遠慮なく仰言ってくださいまし」

お勝はふっと鼻先で笑った。

「さっきから坊ちゃん、坊ちゃん呼んだはるこの子は、お園と申して、これでもれっきとした女子《おなご》だすねん」

眼をまん丸に見開き、獅子っ鼻を広げ、口をあんぐりとさせた近久の顔を見て、綾之助はぶっとふきだした。どうにもおかしくておかしくて、くすくす笑いが止まらなかった。

初めてのご贔屓《ひいき》

　蟻が蜜にたかるように、わが美声が人をぞろぞろと吸い寄せてしまうのはもう馴れっこの綾之助だが、近久こと近藤久次郎との出会いで、身辺は一段とにぎやかになった。

　近久は客を何人も引き連れてくるうちに、すっかり身内気取りで綾之助を紹介する。あるとき本職まがいの口上をして、

「東西《とざい》とーざーい、このところお耳に達しまする浄瑠璃名題《なだい》、『傾城阿波の鳴門』。相勤《あいつと》めまする太夫……」

　といいかけたところで、

「お園と本名をいうのも野暮だから、仮に芸名らしいのを何かこさえましょうよ。ハハハ、玉のような男児じゃねえところがミソで、玉之助はどうですね？」

　勝手に名づけて悦に入り、以来かならずその名で口上をいい立てるから、綾之助は面映ゆい気分になる。

玄人はだしだなどという評判を聞いて玄人の客もちらほら顔を見せるようになり、その中には久松町に近い芳町《よしちょう》の芸者もいた。

だらりと垂れた柳結びの帯を見れば、それ者《しゃ》とわかるのは当然だが、堅い紬《つむぎ》の普段着で、すっぴんに近い薄化粧でも、ぱっと人目に立つのはいい芸者の証拠だろう。その女が何度か客として訪れているのは綾之助も承知していた。

「おや、おきん姐《ねえ》さん、またお越しですかい。へへへ、お気の毒に、今宵もお茶を挽きなすったか」

近久にからかわれて、その芸者は切れ長に吊りあがった眼できっとにらみつけた。

「馬鹿をおいいでないよ。こっちゃ最初《はな》から休みを取って来ておりますのさ。そんなことより、あの子に、これを」

と袖口からするりと取りだして手渡したのは、いわずと知れた祝儀袋だが、あとで近久からそれを受け取って、お勝は中身にびっくり仰天した。

「見たら神功皇后さんの絵のかいた一円札が入ったあるがな。子どもにこんな大金を渡して、どないするつもりや。そもそも芸者から祝儀を受け取るやなんて、あんた、どうかしてはりまっせ」

頭ごなしに叱られて、近久は肩をすくめた。

「まあ、向こうも悪気でしたこっちゃござんせんから、どうぞ大目にみてお納めを願います」

ところが事はそれだけでは済まなかった。

その日の夕方、綾之助は独りで表に出ていた。滞在が長引くから、近所はもう歩きなれている。植木棚のひしめく小路を駆け抜けて、次の通りへ渡ろうとしたところで、ばったりと女に出くわした。きれいに白粉《おしろい》を塗り、きちんと島田に結って、裾引《すそひ》きの左褄《ひだりづま》を取った美しい立ち姿だから、

「あら、坊や」

といわれても一瞬わからず、じいっと顔を見つめてしまう。

「ああ……あのときは、どうも」

ぺこんと頭を下げれば、相手はうれしそうに声を立てて笑った。

「ホホホ、憶えておくれだったかい。お利口さんだねえ。今日はおひとり？」

「ああ、はい……」

相手は素早く帯に挟んだ銀の懐中時計を取りだして見ながら、

「まだ少し間があるから、ちょいと付き合っておくれ」

いきなりこちらに近づいて手を握った。鬢付油《びんつけあぶら》と白粉の甘酸っぱい匂いに包まれて、綾之助はぼんやりした面もちで手を引かれて歩きだす。

女は裏通りに入って小さな汁粉屋の暖簾《のれん》をくぐった。

「なんでもお好きなものを注文なさいな」

といわれたら子どもはだれしもおのずと顔がほころんで、愛想のいい笑顔になる。出てき

た善哉《ぜんざい》を機嫌よく黙々と口に運ぶ様子に、相手はまたうれしそうな顔をした。

「見れば見るほど、可愛らしい坊やだねえ。昔でいえば、もうそろそろ元服をしてもいい年ごろだよ……」

女はやおら脂粉の香る手をこちらに伸ばして、頬をそっと撫でる。

「ねえ、坊や。あたしに元服のお手伝いをさせておくれでないかい?」

綾之助は何をいわれているのかさっぱりわからなかったが、そのくぐもった声には妙に切迫した響きが感じられ、思わず黙ってうなずいてしまう。

「いいのかい。本当にいいんだね」

急にはずんだ声で女は何度も念を押した。

「お前さん、きっといい芸人におなりだよ。あたしの手にかかった役者や芸人はみんな出世をするんだよ。ああ、今すぐうちに連れて帰りたいくらいだけど、一応すじはきちんと通さなくちゃならないからねえ」

これまた何をいわれているのかさっぱりとわからぬまま、この日はすぐに別れて家路に就いた。

次の日あらわれた近久はなんとも妙な顔つきで、

「お園ちゃん、昨日おきん姐さんとお会いなすったかい?」

綾之助は黙ってうなずいた。

「そのとき、おきん姐さんと、どんな話をなすった?」

道でたまたま会って、汁粉屋でごちそうになったところまではすらすらと話せたが、そこからは自分でもわからなかったから舌も滞りがちだ。

「……たしか元服のお手伝いを、どうとかこうとか」

それをいうと相手がパチリと膝を打った。

「なある。アハハ、こいつァおかしい。お笑いぐさなんてもんじゃねえ。アハハ、腸《はらわた》がよじれるほどおかしくってたまらねえや。本人とはもう話がついてるから、ひと晩うちによこしてくれといわれて、あっしも当座は何をいわれてるのかとんと見当がつかなかったが、これでようやく読めました。姐さんには、よしなにお伝えしときますよ」

そのあと近久と芳町芸者おきんとのあいだでは次のようなやりとりがあったらしい。

「おきん姐さん、あの子のことは、どうぞあきらめてやっておくんなさい」

「おや、どうしてだい？　近久さん。あたしと枕を交わした男は必ず出世をするようだから、これぞという千歳座の若手役者は皆うちによこしたいくらいだと仰言ったのは、どこのどなたでしたっけねえ。そのあたしが、自分のほうから筆おろしをしてやろうってんだから、感謝されこそすれ、止め立てされる覚えはありませんよ」

筆おろしという言葉で近久はぷっとふきだしそうになったが、懸命に笑いをかみ殺して神妙な表情を作った。

「それが姐さん、あれは芸人になる子じゃねえ。母親が寄席にも出したがらない、堅気の素人でして」

「ホホホ、素人だってなんだって、構うもんかね。あんなお品《しん》のいい、凜々《りり》しい顔立ちをした子にはめったとお目にかかれるもんじゃなし。おまけにあの健気な声で泣かせてくれるじゃないか。あれは混じりっけのない純な心の底から出る声ですよ。ああいう子は、年ごろになったら蠅がたかるように娘っこが寄ってきて、中で大概たちの悪い娘《こ》に引っかかっちまうんだ。へたをしてそういう娘《こ》を妊《はら》ませたりしたら、そこで一生はおじゃんだよ。女を早くに知っとけば、その手の罠《わな》にはひっかからずにすむから、今のうちに、あたしがちゃんと手ほどきをしといてやろうってんじゃないか」

近久はついにたまりかねてふきだした。

「ハハハ、姐さん、そいつァ無理だ。あの子は残念ながらああ見えて、娘っこなんですよ」

そのときの姐さんの顔ったらなかったというふうに、近久は笑い話を締めくくった。それをお勝のそばで聞いていて、綾之助はなんだか猥《みだ》らな話なのだろうとおぼろげに察しはついたが、むろん何をされるところだったのかがわかったのは後年である。

「ようも、しゃあしゃあと、そんなアホな話が聞かせられるもんや。もうあんたみたいなお人とは、こんりんざい縁切りでおます」

と、お勝は烈火のごとくに怒りだして、近久がしばしなだめるのに必死だったのは子ども心にもよくわかった。

近久が呼んでくる客にはたしかに聞き巧者が多くて、その点はお勝も満足をしているようだ。中でも新川に酒問屋を営む藤田伝兵衛には、一目を置いていた。

新川は大川と日本橋川、亀島川に挟まれた中州の土地で、江戸の昔から酒問屋が多いのは水運の便がいいためだろう。江戸に出まわる清酒のほとんどは上方からの下り酒だったのである。

灘の銘酒を代々扱ってきた老舗のあるじとして、藤田は昔から関西との付き合いがあり、自らも義太夫節を習っていた。同姓のよしみもあって、お勝は親しみを覚えたらしい。あらわれると決まって「藤田の旦那《だん》さん、今日の出来はどないだしたやろ？」とご意見を伺うようにしている。

相手は本職の太夫のように恰幅がよくて、常に酒で洗っているのかと思われるほどに顔の色つやもいい。半白の髪をすべて後ろに撫でつけた上品な面差《おもざ》しで、やや厚ぼったい唇が情の豊かさを感じさせた。

時には自らひと節を唸りつつ、「ここはもうちぃっと間をとって、ゆったりと語ったほうがいいよ」とか、「ここで声が裏返ったのは惜しかったねえ」とか適宜な助言を与え、それがいつも的を射てるので、お勝にしてはめずらしく素直に意見を聞くのだった。

藤田にはちゃんとした跡継ぎがあるものの、娘を幼いときに亡くしているらしく、その面影を重ねて見るせいか、情のこもったやさしい目をこちらに向けた。それで綾之助も初対面からまったく萎縮せずに打ち解けられた相手である。

二度目に会ったときは近くの料理屋でお呼ばれをして、戯《たわむ》れに一献さされたところで、くいっといっきに呑み干した。

「うち、こんな美味しいお酒は知らん。もう一杯いただかして」

思わず口にした言葉だが、その酒は藤田の店で扱う酒だったから、相手はとても気をよくした。

「ハハハ、子どもは正直でいいねえ。さあ、どんどんおやり」

父譲りの酒好きが図らずも相手の気を惹いたかっこうで、これには紹介した近久も苦笑いする始末だった。

「この子は実に澄んだいい眼をしている。子ども心にも何か悟ったような眼だ。それでいて、変にひねこびたところは少しもない。こういう子を、へたに悪擦《わるず》れさせせんでくれよ」

藤田がきっちり釘をさしたのは、近久に興行師特有の匂いを嗅ぎつけたせいかもしれない。

近久は次から次へと客を連れてきて、済めばすぐにまた次の約束をさせるから、平井医師のもとでの逗留は思いのほか長引いてしまった。が、子どものいない平井夫婦にとっては、今や自慢の種にもなっている綾之助と離れがたい気持ちがあるのだろう、なんだかんだと引き留めるばかりか、

「いっそこちらに引っ越してはどうです」

とまでいいだす始末だ。

お勝は後家の身で、何がなんでも帰阪しなくてはならない用事とてないから、とうとうこ

ちらで年越しまですると決めて、兄の源兵衛に手紙を書き送った。

松の内も明けてから年始の挨拶に訪れた近久は、母屋の座敷に平井夫婦ともども顔をそろえたところで、その話を切りだしたのである。

「猿若町の文楽座はご存じで？」

と、まずはたずねられて、お勝は残念そうに答えた。

「へえ、前に浅草を案内してもろたときに、前を通りかかりましたけど、今はなんにもかかってませんのやろ。越路さんは寄席に出てなさるだけやし」

浅草の猿若町に建つ文楽座は、かつて越路太夫が一座を率いて東京に進出した折にできた劇場だが、大入り満員になったのは最初の興行のみで、その後はなかなか興行が打てずに空き家で放置されている。

「花道まである立派な劇場《こや》ですから、あのままうっちゃって蜘蛛の巣だらけにしとくのは勿体ねえ。そこで何かひと興行打とうという話になりましてね。竹本京枝《きょうし》の一門を呼ぶことにしたんだそうです」

もともと猿若町の市村座に勤めていた近久は浅草界隈の興行師ともいまだに付き合いがあるのだろう。耳よりの話を聞いてきたという面もちだ。女義太夫の竹本京枝の話は、綾之助母子もかつて大阪で鶴澤清右衛門から聞かされた覚えがある。

「それがどないしましたんや」

お勝は斜眼でじろっと近久の顔を見すえた。

「京枝の義太夫は、お聞きになりましたか？」

「この近所の寄席で、いっぺんだけ聞かせてもらいましたけど」

「いかがでした？」

「へえ、まあ、達者なほうやろけど、正直いうて大阪なら、素人の女子でも、あれくらい語れるんは、いくらでもおりますよって」

「ハハハ、そう仰言るだろうと思ってましたよ。ところが東京じゃ、女であれだけ語れたらてえしたもんだってんで、文楽座に出るんですよ」

「鳥なき里のコウモリちゅうとこですやろか」

と、相変わらず毒舌の絶えないお勝である。

「本場のお方の耳には、さぞかしまだるっこしいことでござんしょうねえ。そこでひとつ、ご相談がございます」

近久はやけに改まったいい方をして、綾之助母子と平井夫婦を交互にちらちらと見た。

「本場では、子どもでもこれだけしっかりとした義太夫が語れるってェところを、ここらあたりで東京者に示してやっちゃァいかがで？　前に、寄席へ出す気はないと仰言ったが、かりにも文楽座と名の付く劇場《こや》ならご承知をくださるかと存じて、お願い申しあげる次第ですが」

「別に変わりはあらへん。おんなじことですがな」

お勝は憮然とした調子だが、近久はあくまでも喰いさがる。

「なにも京枝一門に加わって、芸人になれと申すわけじゃござんせん。京枝も文楽座に出るのは恐らく最初で最後のはずだ。一度きりの、いわば特別の興行に飛び入りをして、世間をただアッといわせたいというお気持ちになってはもらえませんか。ねえ、先生のほうからも、なんとかお口添えくださいましな」

と、すがるように顧《かえり》みられた平井医師は、円い眼鏡の奥で小さな目をぱちぱちさせている。

「ああ、その、僕が口出しするような話じゃないと思うんだが……」

「先生は、こんなに上手なお園ちゃんを、身内だけで聞くのは勿体ないという気がして、ご近所にお声をかけなすったんでしょ？　あっしはご近所だけで聞いてるのは勿体ない気がして、文楽座での披露をお勧めするんですよ」

「たしかに、まあ、そういわれたら……」

平井医師は近久の熱意にほだされた様子だ。

「どうだろう、お勝さん。特別の興行で一度きりというなら、構わんのじゃないだろうか。正直いうと、この子の声を聞いて大勢の人がアッと驚く顔を、僕も見たいような気がしてきたよ」

「まあ、まあ、センセまでがそんなことを仰言って……」

お勝は当惑気味の声だ。

「うち、そこで語ってみたい」

と急にびっくりするような大声が出て、綾之助は自分でもうろたえた。恥ずかしさに頰がぽおっと熱くなっているのもわかる。

これまで何度となく人前で語って、人に賞められるのがうれしくてならなかった。人に賞められると、こんどはまた別の人にも賞めてほしくなる。もっともっと大勢の人に賞めてもらいたくなって、どこまで行ったら気が済むのか、自分でもわからなかった。

「ほうら、こうやってご本人が大乗り気なんだから、どうかお袋様もお許しなすってくださいましな」

近久は鬼の首でも取ったように白い歯を見せる。

「まあ、いっぺんなら……そやけど、いっぺんきりでっせ。芸人にさせる気は毛頭あらへんさかいなあ」

と、お勝は改めて強く念押しをした。

「それはよく承知をしております。かならずほかの女義さんたちとは別格の扱いとするようにいたさせますんで」

「そら、もちろん、そやないとあきまへん。ところで、それは一体いつの話だす？」

「京枝は今ほうぼうの寄席から引き合いが来る売れっ子ですから、すぐにというわけにも参りますまい。へへ、なにしろあっしは早耳で、今年になって急に降って湧いた話だけに、やるとしても、まだ遠い先のことでござんしょうがね」

「なんや、まだ本決まりでもないんかいな。アホらしい。お先走りもええとこや」

と拍子抜けの声が出た。

お勝はもともと女ながらに果断なところがあるのは上京の件ではっきりしている。一度こうと決めたら何事にも真正面から取り組むたちなので、芸人と一緒の舞台に出るなら、それなりの稽古も必要とみたらしい。

先に東京へ来ていた鶴澤清右衛門は築地に借家住まいをしており、お勝の報せで一度は向こうから訪ねてきたが、こちらも間借りの身だから、遠慮してすぐに引き揚げてしまった。しかしながら、この日は久々に綾之助の稽古をして、手放しで賞めちぎる。

「相変わらずええ声が出てますなあ。わしが教えた通り、フシがちっともはずれんと、よう語れてます。お園ちゃんは、ほんまに物憶えがええ子や。ほかにあと何段くらい語れますのや？」

清右衛門はあくまでお勝に顔を向けていた。

「この『太十』のほかには、『山別れ』と、『阿波鳴』と、『野崎村』。それと『鎌三《かまさん》』くらいやろか」

お勝はきっちり五本の指を折った。

「それをみな無本《むほん》で語れるのやさかい、たいしたもんや。ハハハ、やっぱり物憶えのよさでは、子どもに太刀打ちでけまへんなあ」

浄瑠璃の詞章を書いた本には、一頁に七行で綴られた正本《しょうほん》と呼ぶものが存在し、そこには詞章ばかりでなく文字譜や胡麻譜といったものが記されている。文字譜はたとえば「コトバ」なら人物が喋《しゃべ》るように、「フシ」なら旋律的に、「ハル」は声を高く張るといったふうに大まかな語り方を示し、胡麻譜は傍点の撥《は》ね方で音の上げ下げを指示する。

　正本の一部を大型の本に五行書きで写し取ったのが床本《ゆかほん》で、舞台では床本を見台《けんだい》に置いて見ながら語る。詞章や語り方はあらかた頭に入っていても、万が一つかえたときは、床本が頼りになるのである。

　稽古は床本を簡素にした稽古本を見ながらするのがふつうだが、綾之助は読めない文字が多いから、ずっと無本で稽古をしていた。すなわち詞章も、フシまわしも、語り口調も、すべて耳で聞いただけで丸暗記をしているのだ。

　清右衛門は立て続けに訪れて、五曲すべてをおさらいしてくれたところで、

「これやったらまだまだ曲が憶えられそうや。わしは三味線弾きやさかい、フシまわしくらいは教えられるけど、ここまで来たら、だれか太夫さんについて習わはったほうがよろしいのとちがいますか」

「おたくと一緒にこっちへ来てはる、生駒はんに習わせてもらえまへんやろか？」

「それよりも、この近所にええ太夫さんがいたはりますがな」

　と薦められたのは竹本綾瀬《あやせ》太夫という人物であるが、お勝の耳にはあまり馴染みのない名であった。

「今でこそ越路さんがえらい人気やけど、昔から東京の浄瑠璃は綾瀬はんで保《も》ってるといわ

れてましてなあ。元は大阪のお人で、早うに東京に出て、ずっとこっちで語ったはります。この近所の蠣殻町《かきがらちょう》にお住まいでっさかい、いっぺん訪ねてみはったらどうだす。わしから相三味線の豊造《とよぞう》に頼んで、話をつけてもろてもよろしおますけど」

清右衛門のお膳立てで対面がかなうこととなり、母子は待つ間遅しと春まだきに綾瀬太夫のもとを訪ねた。

生け垣の向こうからデーン、デーンと低い一の弦《いと》が響いて、その住まいはすぐに知れた。調弦が終わるやいなや、チン、チン、チン、チ、ツン、テン、チチテン、チチテン、チーチーチーツン、チーチーチーツン、チリツン、チリツン、テン、ドン、ドン、ドン、シャランと耳馴れた「オクリ」と呼ばれる三味線の序奏が聞こえて、お勝は間の悪い時に来合わせたという顔をしている。どうやら稽古が始まったばかりのようで、これだと小一時間は待たされる覚悟をしなくてはならない。

格子戸を開けてそっと中へ入ると、弟子とおぼしき若い男が出迎えて小部屋に通してくれた。待たされているあいだ中、綾之助は襖から洩れくる声に聞き入った。聞き覚えのない曲だから、余計に夢中になってその渋い声に耳を澄ましている。曲調で鄙《ひな》びた雰囲気が伝わり、女に憤《いきどお》る老人の様子がしだいにわかってくる。いかにも男らしい人物が登場し、三味線の音がバリバリと強まって、

「権四郎《ごんしろう》、頭《ず》が高いっ」

大音声《だいおんじょう》が襖紙をふるわせると、綾之助は思わずお勝と目を見合わせてしまう。声の主はあ

きらかに本職の太夫で、たぶんこの家のあるじだろうから、なんだかちょっと得をしたような気分である。

一段の稽古がようやく済んで続きの間に案内されたら、そこに清右衛門がいてくれた。奥の間でこちらを向いて座っているのが綾瀬太夫で、手前に後ろ姿を見せて三味線を片づける男が豊造だろう。清右衛門が耳打ちをして、さっそくその男の口から母子が紹介された。

「お嬢ちゃんの評判は、わしの耳にも入ってるよ」

綾瀬太夫の第一声で、綾之助は多少あっけにとられていた。自分が知られていることばかりでなく、相手が東京弁であることにも驚いたのだ。

声の太さとは裏腹に細身の躰で、細面のすっきりした人相であるのも意外だった。白銀色《しろがねいろ》に光った髪を短めに切り、目の粗い紬の着こなしひとつにも、大阪人にはあまり見られない、すっきりとしたふぜいが窺えて、綾之助はひと目でこの人物が気に入ってしまった。

「噂の声を、ここでちいとばかり聞かせてもらえないかい」

といわれて晴れがましさに頬を熱くしながらも、綾之助は声を聞かせるだけでいいのだからと素早く判断した。

「妻恋う鹿の果てならで、難儀すずりの海山と、苦労するすみ憂き事を……」

いきなり語りだしたら、お勝と清右衛門は共にびっくりした顔だ。

「ハハハ、けっこう、けっこう。噂に違《たが》わぬいい声だ。さっきわしがここで稽古をしてた『逆櫓《さかろ》』をすぐに語るのも、なかなかいい度胸だよ。しかしその歳で、ずいぶんと難しい曲を習ったんだねえ」

清右衛門がおずおずと口をはさんだ。

「師匠、その子はそれをまだ習てはおりまへん。さっき師匠がお語りになったのを聞き憶えて、口写しをしただけでおます」

「ほう、そりゃァたいしたもんだ……」

こんどは綾瀬太夫のほうがあっけにとられた顔つきである。

例によって、お勝がここでしゃしゃり出た。

「この子はいつもこうでおます。聞いたらなんでもいっぺんで憶えてしまいますのや」

「ハハハ、そりゃいいや。うちのぼんくらな弟子どもに、お嬢ちゃんの爪の垢でも煎じて呑ませてやりたいくらいだよ」

綾之助は急に口がむずむずしてきた。ふだん無口なくせに、ここぞのときには思いきったことをはっきりという性分である。

「お師《し》匠《よ》はん、どうぞ、うちを弟子にしとォくなはれ。うちはお師匠はんの弟子になって、綾之助を名乗りたい」

これまたいきなりいって自分でもびっくりしている。

綾之助という名前は、まるで生まれる前から決まっていたように実にしっくりくるのだが、如何《いかん》せんそれは綾瀬太夫の弟子になって、師匠から付けてもらうはずの芸名ではないか。とんだ厚かましい押しかけ弟子の出現に、お勝と清右衛門は大いにうろたえたものの、当の綾瀬太夫は存外やさしい顔で笑っていた。

「ハハハ、よしよし、こんな可愛らしいお嬢ちゃんに頼まれたら、嫌とはいえないねえ。綾之助を名乗るがいい。うちへも稽古に来なさい」

かくして綾之助は綾瀬太夫のもとへ稽古に通いだした。行っても相手が留守の日があり、弟子はほかに大勢いるから、他人の稽古を聞くだけで終わる日も多かったが、綾之助は熱心に通いつづけた。

綾瀬太夫の稽古のときでも、お勝はうちと同様に綾之助の相三味線を務めている。ボロン、ボロンとただ間合いを取るだけの水調子だが、それでも無いよりましで、遠慮なく止めたり、繰り返しができるから、綾瀬太夫も重宝していた。

「この子はさすがにテツがないからいいねえ」

と賞められたときは、綾之助もお勝も一瞬きょとんとした。

「テツてなんだんねん？」

と無遠慮にお勝がたずね、相手は破顔一笑で報いた。

「ハハハ、訛りのことさ。わしらは訛りを鉛と見立てて、鉄といい換えるんですよ。江戸っ子が義太夫を語れば、そこにどうしたってテツが出る。テツが錆びつかないうちに鍛え直すのはひと苦労だ」

綾之助はまたしても口がむずむずとして、抑えがきかない。

「お師匠はんは、ふだんのおしゃべりでテツが出はりますけど、浄瑠璃になるとそれがちっとも出えへん」

「ハハハ、こりゃ逆に賞められちまったか。お嬢ちゃんにかかっては、わしも形無《かたな》しだねえ」

「へえ、ほんまに生意気な娘で、堪忍しとうくれやす」

さしものお勝が恐縮するほどに綾之助は正直だった。正直で生意気な美少女は、今のところだれからも愛されて、まだ他人の怖さを知らずに済んでいたのである。

綾瀬太夫という願ってもない良師との出会いが滞在を長引かせるも、近久が正月に話した浅草文楽座の興行は延び延びになって、母子がもう忘れかけていたころに、ようやく日取りの決定がもたらされた。

ところがいよいよ本決まりとなったところで、ひとつの新たな難問が浮上した。

「お園ちゃんは弾き語りができねえから、ここは京枝一門のだれかに相三味線を頼むしかござんせんねえ」

と近久にいわれて、お勝はたちまち渋い顔をしたものである。

男の太夫とはちがい、女義太夫の芸人はたいがい弾き語りをするが、綾之助にそれは無理だった。お勝は京枝一門に借りができるのはまずいとみて、ひとまず清右衛門を口説いてみたが、

「いくらなんでも、わしが女義の興行に顔を出すのはまずかろう。お勝さんが、ご自分で弾いたげはったらどないだす?」

「アホらしいことといわんといて。あての三味線は他人様にお聞かせできるようなもんとはちがいますがな」

「聞かせるのはお園ちゃんの声や。三味線が変に張り切るよりも、いっそ水調子のほうが、声が引き立つちゅうもんだす。舞台でも稽古とおんなじほうが、お園ちゃんが落ち着いて語れますやろ」

お勝はついにしぶしぶ承知をさせられて、嘆息まじりにまた例の口癖が出た。

「ああ、人間生きてて何ひとつ無駄なことはないけど、まさか若いころに習《なろ》た三味線が、こんな役に立つとはなあ……」


浅草文楽座の興行は春も終わりかけた四月十二日に初日を迎えた。綾之助は飛び入りの余興で出演し、京枝一門とはあくまで無縁だというたてまえで、初日に楽屋入りをしている。ただしお膳立てをした近久は陰で巧く根まわしをしただろうし、お勝もそこは大人だから、それなりに丁寧な挨拶をしていた。

京枝一門の女たちは意外なほど愛想良く迎えてくれた。髪を五分刈りにして、仙台平の袴に黒紋付きの羽織を身につけた綾之助は「ああら、ほんとに可愛らしい坊やだこと」と大いに持てはやされた。

そもそも男子なら幼くとも何々太夫と名乗るから、玄人なら綾之助の名を聞けばすぐに女子だとわかるし、むろん近久からも話を聞いているはずだが、当人を見ればついつい「坊や」といいたくなるようだった。

綾之助のほうは、女たちが化粧の匂いや舶来の香水をぷんぷんさせているのに閉口した。それ以上に驚いたのは、近ごろ流行りの束髪に結う者が多いことで、英吉利《いぎりす》巻きとも呼ばれるそれは、当時まだ洋風かぶれの婦人たちのあいだでしか見られない異様な髪形である。

束髪に結い、洋装した女義たちが花道からしずしずと登場し、舞台に立った姿勢のままで見台ならぬ演台を前にして、『改良討論の段』なる一席を弁じるのがこの興行の呼び物だった。

これよりちょうど一年ほど前に、伊藤博文の女婿である末松謙澄《すえまつけんちょう》の主唱によって、日本演劇の西洋化推進を旗印に、政界、財界、言論界の大立て者が「演劇改良会」なるものを結成していた。以来、歌舞伎をはじめあらゆる日本古来の演劇演芸に急激な西洋化の波が押し寄せており、京枝一門もそれに便乗したかっこうで、義太夫節の改良を討論形式の語り物に仕立てた趣向のようだが、舞台の袖で見ている母子はただただ啞然とするばかりだ。

「アホらしい。あれの一体どこが浄瑠璃や。あんな下手物《げてもん》は所詮一時《いっとき》の見世物やがな」

と案の定お勝は近久にさんざん文句をいった。

「あんな連中と一緒の舞台に出されるのはごめんでおます」

「まあ、まあ、そう仰言らずに、ここまで来たんだからもう覚悟をお決めなさいまし。京枝さんも何をとちくるったか、たぶん演劇改良会の先生方に焚《た》きつけられたんでしょうが、この興行では『ぶんぶく茶釜の由来』だとかなんとか妙ちきりんな新作ばかりを披露しなさるようで、まともな浄瑠璃はお園ちゃんの『太十』ばかり。それがかえって受けるというもんですよ」

近久は舞台の袖から客席を見渡して、聴衆の多くがあっけに取られる様子を察したようである。綾之助は洋装の一同が引っ込んだあと、いわば埃鎮《ほこりしず》めの余興というかっこうで「太十」を語る手はずだった。

大阪の文楽一座が丸ごと引っ越し興行をしたくらいの大きな劇場で、東西の桟敷《さじき》席や二階席もあるが、「改良女義太夫」という珍奇な触れ込みが効いたのか、初日からほぼ満杯の盛況だ。桟敷席には西洋髭を生やした「改良会」の紳士連もずらりと並んでいるし、平場の枡席は老若男女がぎっしりとひしめいて、幕間《まくあい》は騒然としている。

人前で語るのは平気なはずの綾之助も、さすがにこれだけの聴衆を前にすると、怖じ気づかないほうがおかしい。お勝が土壇場で出たくないと駄々をこねるのも、不安のあらわれだということを、近久はちゃんと察しているようだ。

「お園ちゃん、あれをご覧」

と枡席中央の一角を指さされ、見ればそこには鉄欄の円い眼鏡をかけた平井医師の顔があった。平井医師の横には夫人や看護人の女たちが並び、周りの席には可愛がってくれた近所のお年寄りがひとかたまりで陣取っている。新川の藤田をはじめ近久が連れてきた客たちも桟敷にずらりと姿を見せていた。

桟敷の端にきれいな島田髷を結った一団が目に入り、綾之助はアッと声が出そうになる。

どうやらあのおきん姐さんが芸者仲間を引き連れて来たらしい。

「いいかい、お園ちゃん、わざわざここに足を運んでくれたのは、いわば初めてのご贔屓さんだ。欲も得もなく、お園ちゃんに味方をしてくれる人たちだ。何も怖がることァない。あの方々の前で、ふだん通りに語ればいいいんだよ」

舞台には金屛風《きんびょうぶ》の前に緋毛氈《ひもうせん》をかぶせた台が置かれ、そこに薄い座布団が二枚敷いてあった。そこに座るとすぐに、お勝はうつむいて太棹の糸巻を締めたりゆるめたりしながら弦の調子を合わせている。綾之助は手をしっかりと両膝に置き、おとなしく首《こうべ》を垂れて幕が引かれるのを待った。

「東西とーざーい。このところお耳に達しまする浄瑠璃名題『絵本太功記』十段目。相勤めまする太夫、竹本綾之助、竹本綾之助。三味線鶴澤鶴勝《つるかつ》、鶴澤鶴勝」

この口上でついに幕が引かれて、綾之助はおずおずと頭をあげた。

「待ってましたっ、綾ちゃん」

だれかが大きな声をかけると急に顔が火照りだして、目の前が一瞬真っ暗になり、チン、チン、チン、チツンツチン……と聞き馴れたオクリの音が妙に遠くのほうで響いている。

目の前を遮《さえぎ》る見台はなく、枡席のちょうど真正面に平井医師の円い眼鏡が見えたら、とたんに気持ちが落ち着いた。

「ひと間にー入りーにーけーりー」

と語りだせば場内はたちまちしんと静まり返った。とても子どもが出すとは思えない深みのある落ち着いた声に聴衆はみな驚きの目を瞠《みは》っている。

「母様にも祖母様にも、これ今生の暇乞い」

と綾之助は凛とした少年の声を張りあげた。

大阪の新助の家で初めて口にして以来、もう何百ぺんとなく繰り返した浄瑠璃の文句がすらすらと口をついて出る。目を瞠り、口を半開きにした聴衆の顔がひとりひとりはっきりと見える。だが、それはしだいに眼中から遠ざかってゆく。

綾之助は出陣する武智十次郎に成りきり、許嫁の初菊に成りきった。もう自分はどこにもいなかった。全身が一個の大きな咽喉《つつ》と化し、そこからさまざまな声が飛びだしている。声が勝手に次々と飛びだして息も満足にできないくらいだ。

顔面は紅潮し、呼吸《いき》が苦しくて目の前がくらくらする。けれど自分にはかならず助けてくれる大勢の味方がいると信じて、綾之助は思う存分に声を張りあげた。

目の前はふたたび真っ暗になり、もう自分はどこにいるのかもわからなかった。

一度きりのはずが

幕が引かれてもなお続く満場の喝采とどよめきは綾之助の運命を変えようとしていた。

楽屋に帰ると、まずそこには近久に伴われた興行師の男が待ちかまえていて、母子をすぐに近所の茶屋に連れだし、そこで一日きりの約束だった出演の日延べを願い出た。

「あの拍手喝采をどうお聞きなすった。さっそく評判を聞いて明日また人がどっと押しかけましょう。そこでお園ちゃんが出ないと知ったら、どんなにがっかりすることか。なあ、お園ちゃん、もっともっと大勢の人を喜ばせておやりなさいな」

近久の口説き文句に思わずこくんとうなずいてしまった綾之助だが、お勝は当然渋い顔をする。

「一度きりの飛び入りでこそ、格別の扱いもできますやろ。しかしそれがずっと続くちゅうことになったら、あてが京枝さんの立場でも、ええ気はせえへん。そこらあたりをどない考えたはるのや」

京枝一門との折り合いをお勝が心配するのはもっともだった。

そもそも女義太夫が寄席に出る場合は、落語や講談でもいう真打《しんうち》を切語《きりがた》りとし、前座は口《くち》語りと呼ぶ。口語りから口の二枚目、三枚目、四枚目と昇進し、そこからこんどは切の四枚目、三枚目、切前《きりまえ》、切語りの順番で出演をする。切前は落語の膝代《ひざがわり》に相当し、これを「もたれ」ともいう。

出番が中ほどになる口の四枚目か切の四枚目はスケと称して、他の寄席の切語りが文字通り助っ人で出演することがままあるが、綾之助は今そのスケのかたちで出演しており、一日だけの余興ならともかく、素人では本来あり得ない出番なのだ。

「まあ、その件はこちらの方に任せておきましょうよ。けっして悪いようにはなさるまいから、せめて明日だけでも出てやっておくんなさいな」

と近久はお勝と興行師の顔を交互に見くらべながら調子よく話をつけた。

かくして次の日も綾之助は満場の喝采を浴び、そこからはなしくずしに連日出るはめとなってしまった。

お勝が腐した通り、改良女義太夫の評判はさくさくどころかさんざんで、当初はめずらしい洋装が話題にもなったが、下手物はやはり一時の見世物で終わってしまい、それを聞きに二度足を運ぶ客はまずいなかった。むしろ綾之助のほうがあきらかに客寄せとなっているから、興行師が逃すはずはない。それどころか五日目には近久を通じて演目《だしもの》を替えてほしいという注文までする始末だ。

「もちろん『太十』の評判は頗《すこぶ》る上々ですが、ここらで演目を替えたら、前に聞いたお客もまたぞろ来るだろうという魂胆で、へへへ、いずこも興行師は抜け目がございません。とにかくこっちは一度は替えても二度は替えないという談判にまで持ち込みましたんで、何とぞご承知くださいましな」

と近久はまたまたお勝を熱心に口説いた。

興行師の思惑はまんまと図に当たって、聞き比べをしたがる通《つう》の客が劇場《こや》をいっそうにぎわした。

界隈は江戸の昔から続いた芝居者や見世物師の巣窟で、客席にはその手の玄人連中が次から次へと押しかけている。いっぽうで寄席の席亭がよく楽屋を訪ねてきては、一座の面々をねぎらったあと、かならず綾之助母子に挨拶をしにくる。そうした連中の賞賛にお勝は決まってそっけなく、しかも聞こえよがしの大声で応じる。

「へえ、おおけに、はばかりさん。あてらは芸人やおませんさかい、さぞかしお耳汚しのことでございましたやろ」

楽屋はかつて人形遣いも一緒にいたくらいだから相当に広いが、間仕切の襖は取り去ってあるから、話し声や物音はみな筒抜けだった。

楽屋の一番奥にいる竹本京枝はお勝とあまり変わらぬ年輩で、目鼻立ちの派手な、昔はそこそこ美人で通った口だろう。如何せん、今は顔も躰もでっぷりとして、弁天様というよりも色白の大黒様のような見てくれだ。

それゆえ一門には若手の花形が欲しいところで、京富《きょうとみ》や京駒《きょうこま》、京竹《きょうちく》といった弟子の育成に熱心のようである。もともと面倒見がいいたちかして、お勝が心配するほど狭い料簡《りょうけん》の持ち主でもなく、飛び入りの子を相変わらず「綾坊、綾坊」と呼び、毎日お菓子を振る舞ったりなどして可愛がっている。

綾之助母子はなるべく楽屋入りを遅くして、立ち去るのも早かった。なにせ舞台へ出るにも黒紋付きに着替えるだけで、化粧をするわけでもないから楽屋にはほとんど用事がないといってもいい。お勝は無駄に長居をすれば、わが子が余計なことを見聞きするのではないかと恐れたようだ。

楽屋には当然ながら京枝一門の贔屓が大勢訪ねてくる。女芸人と贔屓のやりとりは妙にべたついたもので、贔屓にもまた男のくせに真っ赤な帯を締めたり、羽織の紐を赤くしたりという妙ちきりんな輩がいる。毎日のようにやって来ては、ひとりひとりを呼びつけて、今日の語りはああでもないこうでもないと注文をつけるのもいれば、それをまたにやにやしながら聞いている女たちの様子もおかしかった。

時にキャアッと嬌声があがり、男の怒鳴り声がしてびっくりすることもあれば、隅の暗がりで何やらひそひそ話をする男女もいる。出番を終えたあとに男と手をつないでそっと楽屋を抜けだす女の姿もあった。

一門の者はむろんトリに出る師匠が語り終わるまで待っているが、母子は出番を終えたら関わりを避けるように、楽屋口に待たせてある送り俥でさっさと引き揚げてしまう。ただし出番を終えたあと、一座の長たる京枝に挨拶を欠かさないくらいの常識はお勝にもある。

初日から十日ほどして、母子が出番を終えて挨拶をしたところで、相手はやけに丁寧な口調でこういった。

「今晩あたしに付き合ってもらえませんか。おふたりのお力添えで客入りも上々なもんで、ここらでちょっと祝い酒をと存じましてねえ」

今や綾之助の登場を待って劇場《こや》に入ってくる客も少なくないから、京枝としてはあまり面白くないはずだが、見かけと同様に太っ腹なところを見せて、母子をねぎらう手に出たらしい。

昔から界隈にある古めかしい料理茶屋の二階座敷で、綾之助は京枝に酌をされてぐいといっきに呑み干した。

「ほう、綾坊は呑みっぷりも大物だねえ。感心、感心」

といいつつも三杯とは呑ませてもらえず、あとは蝶足膳に盛られた山海の珍味をただ黙々と頬張っている。お勝は京枝と盃のやりとりをして適当にお愛想をいい、京枝はぽおっと薄紅色の大黒様になって、綾之助の声を存分に賞め讃えた。

「あたしもずいぶん色んな子を見てきたが、残念ながらこれまで綾坊ほどの子にはめぐり逢えませんでしたよ。やっぱり本場の子はちがったもんですねえ」

「なんの、なんの、お弟子さんは皆さん、よう語ったはりますがな。あれだけ仕込まはるのはたいしたもんや」

と、お勝はしらじらしい顔でお世辞をいう。

「ホホホ、そりゃあたしだって、伊達にこれで飯を喰ってはおりませんからねえ。ところで今宵ここへお呼び立てしたのはほかでもない」

相手は急に改まった口調になる。

「いっそあたくしに、綾坊を預けてやってはもらえませんか。これだけの子を素人の飛び入りにしとくのは勿体ない。はばかりながら、うちの一門にはご贔屓が大勢いてくださるので、女義太夫ながら、こうして文楽座でも興行が打てますし、ほうぼうの寄席からも引っ張りだこです。綾坊ならすぐにでも切前《きりまえ》を語らせて、花形に仕立てられるというもんですよ」

お勝は京枝の狙いにうすうす見当がついていたのか、さほど驚いた顔も見せず、掌で口を押さえてわざとらしく笑った。

「ホホホ、お師匠さんにそこまで仰言って戴きましたら本望でおます。そやけど『手に取るな、やはり野に置け、れんげ草』ちゅう文句がございますわなあ」

斜眼でじいっと相手を見すえながら、お勝は丁寧に言葉を継いだ。

「幼い子は他人様にも可愛がってもらえますが、これが玄人になって年を取ったら、さまざまな憂き艱難《かんなん》をみて、苦労もせんならんのは、お師匠さんが一番ようおわかりのはず。わが子に苦労をさせとうもない親心も、どうぞおわかりになっとォくれやす」

つけいる隙《すき》のない断り文句で京枝は案外あっさりあきらめたのか、ごまかすような空笑いを聞かせながら手酌をした。

綾之助はやや憤然としながら、むずむずする口を押さえつけるように、せっせと箸を使って刺身や煮物や白いご飯を矢継ぎ早に放り込んでいる。大人たちが勝手に自分のことを話し合っていて、肝腎のこちらの気持ちを少しも訊こうとしないのがまず納得できない。何かといえば、お勝が「親」を振りかざすのも迷惑だった。

かといって京枝一門に加わりたい気持ちが少しでもあるわけではない。師匠の京枝はともかく、弟子たちの語る浄瑠璃にはそれほど感心しなかったし、何より化粧をべたべた塗って舞台にあがるのは閉口だ。

洋装をして語るのはさすがに一幕だけで、あとは黒紋付きに男と同じような肩衣を着けて舞台に出ているが、その肩衣もてかてかした繻珍《しゅちん》や緞子《どんす》の布地《きれ》で、紅いのやら青いのやら、花柄があったりもする実にけばけばしいものだからびっくりさせられる。

おまけに髪には長い房のついた薬玉《くすだま》の花簪《はなかんざし》を挿し、ここぞという聞かせどころでは、わざとらしく頭を振って花簪の房をゆらゆら揺らすのはなぜだろう。あれこそお勝がいう下手物の見世物ではないかと綾之助は思うのだった。

浄瑠璃は見せるものではない。聞かせるものだ。腹の底から声をしぼり出し、息苦しくなるまで声を張りあげて心を語り、気持ちを語るのが浄瑠璃だ。語るあいだは一心不乱で、自分がどんな姿に見えるのかもわからないし、また気にすることもできないのが本当ではないか。

稽古のときはそこまで熱くはならないが、人前で語れば顔が火の玉のように熱く火照り、必死に声を張りあげて息苦しくなる。苦しさに我を忘れ、急に目の前がくらくらとし、全身がふわあっと宙に浮きあがるような一瞬《ひととき》がある。それは実に幸せな一瞬としかいいようがなかった。

興行は思いのほか長引いて、つまりは綾之助にとって実に幸せな毎日が続いている。こうも長く楽屋で顔を合わせていたら、京枝一門の面々とも話す機会がないわけでもなかった。

「綾坊はきれいな顔立ちをしてるわねえ。きっと化粧映えがするわよ」

と粘っこい声で話しかけてくるのは一門の若手で売り出し中の京竹だった。歳は三つ四つ上なくらいだが、戸籍で歳をごまかしてくれたおかげで、綾之助はずいぶんと子どもに見られ、姉さん風を吹かされてしまう。

敷居を隔てた畳の上で鏡台に向かった京竹は、瓜実顔を真っ白にして、刷毛《はけ》で頰紅をたっぷりと添えながら悦に入った笑顔をこちらに向けた。

「そのうちお化粧をして舞台に出るようになるんだから、今から見習っておきなさいよ」

「そうかてうちは……一度きりという約束で出してもろてますさかい……」

とたんに相手はくすくす笑いだした。

「フフフ、始めはみんなそう思うのよ。まさか、わたしが、なあんてね。あたしだって、そうだったわ。一度きりのはずが……けど一度でも舞台にあがったら、もう止められないのよ。綾坊もそのうち嫌でも顔を真っ白に塗って舞台に出なくちゃならなくなる。まあ、そのときを楽しみにしてらっしゃいよ」

そのいい方に綾之助はぞくっとした。嫌でも顔を真っ白に塗って、なぞといわれたら、まるでお女郎さんにでも売られるような気がしてくるではないか。

この日、京竹は内心とても得意だったのだろう。なにしろ興行半ばで演目が差し替えになり、評判の芳《かんば》しくなかった新作に代えて、明日からは京竹がお馴染みの大曲『伽羅先代萩《めいぼくせんだいはぎ》』の「御殿」の段を切前に披露することが決まったのだ。先輩の京富や京駒をさしおいて、京竹が切前に抜擢されたのには何かいわくがありそうだった。

「あれはきっと、ええ旦那が付いてますのやろ。その旦那が京枝さんに金を積んで、切前に語らせてやってほしいと頼んだに決まったある。京枝さんも、京枝さんや。容貌《きりよう》がええだけで、声も満足によう出せせんあんな子に切前を語らせるやなんて、あとで自分が恥かくだけですがな」

と、近久を相手にお勝が陰口を叩くのも綾之助は耳にした。

果たしてお勝がいうのが本当かどうかはわからなかったが、翌日は楽屋にたくさんの鮨が届けられて、綾之助母子もお相伴にあずかった。舞台には「京竹さん江　贔屓より」と大きく書かれた後幕《うしろまく》が飾られていた。

寄席では真打昇進祝いなどによく贔屓から後幕が贈られるが、切前を語るくらいで贈られたのだから、京竹にはたしかに並々ならぬ金持ちのご贔屓が付いているのは間違いなかった。

綾之助はまだ『先代萩』の「御殿」を自分で語ったことはないが、大阪の文楽座で越路太夫のそれを聞いた憶えがはっきりとあり、聞いたその晩は怖くて眠れなくなったのを想いだす。

物語は仙台藩伊達家の御家騒動で、悪人から狙われる若君を必死で守ろうとする乳母政岡《まさおか》の忠義を描いている。政岡はわが子を若君の毒味役にして、毒の発覚を恐れた悪人にわが子がなぶり殺しにされるのを見ながらじっと堪え、悪人が去ったあと、ようやくわが子の死骸に抱きついて取り乱すという筋立てだ。

忠義のためにわが子を殺させた母親の無慈悲さが子ども心にこたえたのかもしれない。いまだに舞台の人形が目に焼きつき、越路太夫の悲痛な語り口が耳にしっかり残っていた。

政岡がもはや千年万年待っても生きては帰らぬわが子の死骸に抱きついて、非情に振る舞った自分をくどくどと懺悔する語りは文字通り「クドキ」という。「クドキ」はどの曲にもあって、女が恋人を慕い、夫に恨みごとを述べ、わが子の死を嘆くといった箇所の語りが「クドキ」になる。「クドキ」にはたいがい美しい旋律のフシがつき、これが曲中の聞かせどころとして「サワリ」とも呼ばれる。女義太夫は高音の美声を聞かせるこの「サワリ」が一番の売り物だ。

「あの子の『御殿』なんか聞く値打ちはありまへん」

とお勝はにべもなかったが、綾之助は幼いときに聞いたサワリのフシまわしをもう一度耳に蘇らせたくなって、初日の「御殿」を舞台の袖で聞いたところ、やっぱりお勝のいい分が正しいと認めざるを得なかった。

あかん、あんな声とは違う……。

京竹の声は妙にベタついて、政岡という気丈な女を語るにはまるで不向きだった。おまけに訛《テツ》が耳について、フシまわしもどことなく変に聞こえる。激しい曲調だからすっかり息があがって、肝腎のサワリにかかるまでに喉が嗄れて声も出づらくなっているようだ。

見台に両手をついて上半身をぐぐっと持ちあげながら、京竹は甲高い声を振り絞る。

「せんねん、まんねん、まアアアアアたアアアアとオオてエエエエ……」とサワリを聞かせながら、思ったほど巧く出ない声をごまかすかのように首をブルブル振って花簪を揺らすのがかえって見苦しく感じられた。

案のじょう客席は白けて喝采はなく、拍手もまばらで、切前語りとしては完全に失格ともいうべき不出来に終わった。客の受けがよろしくないのは当人にも伝わったらしく、実に悔しそうな顔で楽屋に引っ込み、そのあとはほとんどだれとも口をきかなかった。

そうはいっても、いったん差し替えた演目をすぐにまた差し替えるわけにもいかず、京竹は不出来な「御殿」をそのまま語り続け、声はますます出なくなって恥をさらすはめになった。当然ながら楽屋では終始不機嫌で、周囲は腫《は》れ物《もの》をさわるように扱っている。

いっぽうで先輩たちがそれ見たことかと、陰で嗤《わら》ってさまざまな悪口をいうのも綾之助は耳にした。女たちが仲間内で意地悪さを見せつけるのには閉口し、自分が舞台で語るときはともかく、必ずしも幸せな毎日とはいえなくなってしまった。

これまで京枝一門が披露するのは新作の浄瑠璃ばかりだからまだよかったが、京竹は古曲の「御殿」を語ったことでもろに聞き比べられて、逆に綾之助の株があがるいっぽうなのも、本人としては予期せぬ成り行きだ。

京竹が舞台に出ると「引っ込め、引っ込め、綾ちゃんのほうがずっと巧《うめ》えや」などという心ない野次を飛ばす輩もいるから、勢い綾之助が恨まれるはめになるのは、とんだとばっちりというものだろう。

芸人にはそれぞれにご贔屓がいて、ご贔屓は有り難いものとはいえ、贔屓の引き倒しになるのは困ったことである。実力が伴わない京竹に切前を語らせたのもご贔屓なら、その京竹を野次り倒すのもまたご贔屓だった。

素人のほうがはるかに達者な芸だとまでいわれたら、京竹のみならず京枝一門にとっても恥だから、綾之助母子はしだいに皆から冷たい目で見られるようになり、楽屋の居心地は悪くなるいっぽうだった。

照る日あれば、曇る日もあり、雨の降る日は劇場《こや》自体がしけて楽屋特有の酸っぱい臭いが広がるから閉口するが、厠《かわや》の悪臭はさらにひどい。

この日は出番を前にお勝が先に厠へ行き、少し遅れて廊下ですれ違った。もどってみれば、お勝が楽屋で仁王立ちして声を荒らげている。

「だれやつ、こんな悪さをしたんは」

手にした三味線を見れば、なんと胴に張った皮が無惨に破れているではないか。ふたり共に楽屋を離れたほんの一瞬だったが、お勝はだれかのしわざと決めつけて、斜眼であたりをぐるっと睨《ね》めまわした。

京富や京駒はちょうど舞台に出ているはずで、京竹の姿も見えない。楽屋にいるのは奥に座った京枝を除いて一門の駆け出しばかりだから、皆お勝の剣幕に怯《おび》えた顔をしている。

「どうかしなさった？」

遠くから京枝に声をかけられて、お勝も少しは落ち着いた声を出す。

「へえ、三味線の皮が破けましたんや」

「ああ、こういう日はよく破けますからねえ。うちのをお貸ししますよ」

京枝の親切な申し出で事なきを得たにもかかわらず、お勝の腹立ちは収まらなかった。

「いくら雨の日やいうても、皮が破れるときはそれなりの前兆があって気づくもんや。ほんまにあの楽屋にいたら、何をされるかわからん」

と、あとでさんざん文句をいって、近久がまた懸命になだめている。

いったん他人の悪意を疑いだすときりがなく、その場にますます居づらくなるのは人情というもので、以来、出番を終えると母子は矢のように飛びだして、楽屋口で待つ送り俥に乗り込んだ。

近所の俥屋から来る車夫は日によってちがうが、ちょっとでも遅れるとお勝がガミガミいうのを知って、ずいぶん早くに待機をしている。早く来すぎて暇をもてあまし、ついその場を離れて近所の店を覗いたり、たまたま出会った知り合いと立ち話をするようなことにもなるらしかった。

綾之助は至って耳憶えがいいほうだから、車夫によって俥を曳《ひ》きだすときのガラガラいう響きにちがいがあることまで知っている。この日はいつもとずいぶんちがうような気がして妙な不安を覚えた。

案のじょう俥はそのまましばらく走り続けたが、揺れがしだいに大きくなり、ぎくしゃくとし始めた。アッと叫んだときは躰が大きく傾いて宙を舞い、次いでガシャーンという凄まじい音を耳にした。気がつけば横に座ったお勝が自分の下に敷かれてもがいており、梶棒ごと車夫の躰も横倒しになっている。

幸いお勝は軽いけがで済んで自分はまったくの無傷とはいえ、恐怖があとからどっと押し寄せてきた。片側の車輪が外れたようで、車夫はもちろん平謝りだが、しっかり弁解もした。

「こっちの車輪をご覧になっておくんなさい。軸にしっかり栓がしてありましょう。片っ方はこいつが抜けて外れたんだが、その栓がどこにも見あたらねえ。わっちが俥宿を出たときは無事でしたから、こいつはだれかに栓を抜かれたに違《ちげ》えねえんだ」

「抜き取られたんは、あんたがぼやぼやしてたからやおまへんかっ」

容赦なく叱られて車夫はひょいと首をすくめ、お勝のほうはぶるぶる首をふるわせている。

さっそく近久を呼びつけて、事の次第を訴えると、近久もこんどはさすがに思い過ごしだとはいわなかった。

「あっしも気になって、あれからいろいろ調べてみたんですがね。お勝さんがにらんだ通り、京竹にはどうやらたちの悪いご贔屓がくっついてるようなんですよ。へへ、ありゃ男好きのする美貌《きりょう》ですからねえ。女郎まがいに男をたらし込む女義はあの子だけじゃねえ。楽屋を訪ねた客とふざけちらして、そのまま一緒に出合《であい》茶屋へしけ込んだ、なんて話をしょっちゅう耳にします。だから世間じゃタレ義太なんぞと馬鹿にするんですよ」

「ああ、そやさかい、あてはこの子を芸人と一緒にしとうなかったんや」

と今さら愚痴っても始まらない。

「とにかく京竹のご贔屓は界隈で幅をきかす地回りの親分で、後幕まで贈ってやったのに、コケにされたといってお園ちゃんを逆恨みするらしい。どっかの茶屋で、いっそ水銀を呑ませてしまえとほざいているのを聞いたと申す者までおりましてねえ」

「水銀て……そんな滅茶苦茶な話があってたまるかいな」

さしものお勝が絶句するくらいに驚いてしまった。

この時代、水銀は喉を潰すと考えられて、しゃがれ声の役者や芸人はよく周囲に妬まれて水銀を呑まされたなどと噂されたものである。

「聞いたときはまさかと思い、どうせよくある与太話だと踏んでたが、俥に仕掛けまでしたとなりゃ、向こうさんも本気なんでしょうねえ。なあに、こっちが京枝一門と一緒に出なけりゃいいだけのことでして、ハハハ、そう案ずるには及びませんよ」

長年この道で飯を喰ってきた近久は存外落ち着いたもので、即座に興行師と話をつけて綾之助の出演を取りやめにした。

以来、文楽座の客足はバッタリ落ちて早々に閉場を余儀なくされ、京枝一門の評判は急速に下落し、東京には居づらくなったのか、文楽座の興行後はすぐ地方巡業に出てしまった。片や綾之助には、京枝一門の穴埋めでほうぼうの寄席から引き合いが来るのは、なんとも皮肉な話としかいいようがない。

文楽座の出演だけでもこりごりのお勝には取りつく島がなかったが、こうなれば直に本人を口説くしかないとみたらしい。近久は毎日お菓子や玩具をぶら下げて押しかけてきた。綾之助はそんな子供だましに乗りはしなかったが、相手の口説き文句は耳に留まった。

「いいかい、お園ちゃん、あっしの知り合いだけでも、待ちに待って文楽座を聞きに行ったら、お園ちゃんが出ないもんで、がっかりしたというのが大勢いる。せっかく行ったのに、一日ちがいで聞けなかった人がいるのは不公平だと思わねえかい？　だからもういっぺんだけでいい。大勢の人が聞ける場所で語ってやっておくれ。この通りだ」

もういっぺんだけ、という口説き文句を綾之助は何度聞かされたことか。いっぺんが結局いっぺんで済まなくなるのは文楽座の例でも明らかだ。また大勢の人前でいっぺん語れば、自分もいっぺんでは気が済まなくなるだろう。

「一度きりのはずが……けど一度でも舞台にあがったら、もう止められないのよ」とつぶやいた女の不気味なほど真っ白な顔が目に浮かんだ。

走り梅雨とでもいうのだろうか、ぐずついたお天気に心も晴れやらぬまま、綾之助は離れの縁側に出て、前栽《せんざい》の新緑にぼんやりと見とれた。見ているうちに、切れ長の目尻がじわっと濡れてきて、自分でも識《し》らずにつぶやいてしまう。

「なあ、お母ちゃん、うちやっぱり浄瑠璃が好きやねん」

お勝は笑い声で応じた。

「アホらしい。そんなこと、今さらいわれんでもわかってますがな」

「死ぬまで好きなことをして生きていけたら、幸せや思わへん？」

「あんたは何がいいたいのや……」

綾之助は急にお勝のほうを振り向いた。

「うち人前で浄瑠璃を語るのが好きやねん。そやさかい、そうして生きていきたい」

お勝は硬い表情をしている。

「あきまへん。あんたは家《うち》に婿を迎えんならん、大切《だいじ》な跡取り娘やないか」

「そんなら婿さんを迎えるまでのあいだだけでええさかい、寄席で語らしてえな」

「あきまへん。いずれ人妻になる者《もん》が、なんでそんな無駄な苦労をせなあかんのや」

「そやかてお母ちゃんは、人間生きてて何ひとつ無駄なことはあらへんて、よういうてるやないの」

綾之助がすかさず一本を取ると、お勝も負けじと躍起になる。

「ええか、芸人ちゅうもんは、どんなに汚い連中か、連中と関わり合《お》うたら、どんなえらい目に遭うか、あんたは文楽座にちょこっと出ただけでも、ようわかったはずやろ。また倖が転覆するような恐ろしいことがあってもよろしいのか」

「そら、ようわかってます。お母ちゃんの三味線が破れたときも、うち、ほんまにどないしようか思た。そやけど舞台に出て、浄瑠璃を語りだしたら、すぐにそんなことは忘れてしもた。どんな嫌な目に遭うても、好きなことができたら帳消しになる思います」

「ああ、そこらがまだまだ子どもや……」

お勝は嘆息しながら座る位置を変えて、綾之助の顔をまともに見すえた。

「芸人なんぞになったら、あんた地獄を見んならんで」

綾之助はふいにチャリネの曲馬で仰向けざまに馬から落ちた女の姿が目に浮かんだ。釣り好きと漁師とは天と地ほどのちがいがある。漁師は板子一枚下が地獄の覚悟をしなくてはならない。

「お母ちゃんと一緒やったら地獄も怖ない。お母ちゃんがきっとうちを守ってくれる」

綾之助は本気でそう信じていた。口うるさいのは閉口だが、お勝は頼りになる。自分を見捨てた実の両親よりもずっとずっと頼りになる。ふたりで東京に来て、そのことがよくわかったつもりだ。じっと目を見つめてそのことを伝えると、相手はとうとう根負けしたようにつぶやいた。

「たしかに人間生きてて何ひとつ無駄なことはあらへん。無駄にはならんでも、ええようにもならんやろ。寄席に出たら、きっと後悔の種になりまっせ」

綾之助はつぶらな眼を星のようにきらきらさせた。むしゃぶりつくようにしてお勝の肩をつかんだ。

「うち後悔はせえへん。お母ちゃんにも決して後悔はさせへん」

そう叫びながら何度も激しく肩を揺さぶっている。

素人の力

新柳亭は両国橋の袂《たもと》に土蔵造りの構えを見せる古くからの寄席で、声がよく通るし、夏はことに川風が涼しいので人気がある。この夏、綾之助は浅草文楽座に次いでここに出演した。

寄席は低い舞台の上に演者の居る高座がこしらえてあるが、義太夫節を語る場合は高座の前に黒御簾《くろみす》を垂らすのが江戸以来の習わしだ。黒御簾の中からは客席が見えても、客席からは中が見えない仕組で、見えないあいだに調弦や何かの準備をし、口上の声が聞こえると、頭を下げてじっと動かずに気を鎮めている。口上が終わると黒御簾がスルスルあがって、太夫と三味線弾きがようやく人前に登場する。

黒御簾はいつもスルスルと円滑にあがってくれるとはかぎらず、途中でひっかかったりすると客席はがやがやし、時には罵声が飛んだりもする。いっぽう人気の太夫が出れば、御簾のあがる前から「待ってましたっ」のかけ声でまた場内がうるさくなる。

新柳亭には文楽座で綾之助贔屓になった人が大勢押し寄せ、黒御簾のあがる前にかならず「綾ちゃん、待ってましたっ」の声が飛んだ。日がたつにつれてかけ声は多くなり、時には口上も聞こえなくなるほど場内が騒然とした。

「役者はよく子役に喰われるってェけど、あたしも綾ちゃんに喰われっぱなしだねえ」

とこぼしたのは切語りの鶴蝶《つるちょう》で、綾之助は鶴蝶の切前で語っている。鶴蝶は江戸生粋の老練な芸人ながら、人気ではもはや綾之助の敵ではなかった。

東京は江戸の昔から女義太夫が盛んで、鶴蝶をはじめとして江戸っ子の芸人が少なからずいるが、

「あのお人は訛《テツ》がひどいし、フシまわしかてくるてますがな」

と切語りの鶴蝶でさえお勝が腐すように、フシも日常のアクセントの上に成り立つから、江戸っ子が義太夫節を語るのは不利なのである。

かくして東京では名古屋出身の京枝一門と大阪出身の東玉一門が幅をきかせるようになり、一時はこのふたりの人気が寄席を支えていたが、京枝が例の「改良義太夫」を引っさげて地方巡業に出てしまうと、たちまち大きな穴があいて、綾之助が余計に注目を浴びたかっこうだ。

「芸の上では京枝よりも東玉さんが一枚も二枚も上手《うわて》でしょうが、如何せん、あの方はもうお歳だし、一門の弟子はどうも今ひとつ花がないから人気は薄い。そこへ行くとお園ちゃんの人気は飛ぶ鳥を落とす勢いだから、秋にはいよいよ看板をあげようかという相談が持ちあ

がりましてね」

近久はいかにもうれしそうないい方をした。

「看板をあげる」とは寄席の真打として切語りに昇格させることだが、お勝はその話を聞いて素直に歓《よろこ》びはしなかった。

「そんなことになったら、あとが大変ですがな。また恨まれて水銀でも呑まされたりしたらたまりまへんで」

「いや、あとだけじゃなく、その前もけっこう大変なんですがね」

と近久は例のはしっこそうな目つきで母子を交互に見やったものだ。

女義太夫の芸人はみな相応の修業を積んでいる。だれしも最初はお師匠さんのお供で寄席に行って、楽屋で雑用にこき使われる。夏は汗を拭いたり団扇《うちわ》であおいだり、冬は衣裳を焦がさぬように火鉢で暖めたりして、何かと師匠のご機嫌を取らなくてはならない。

三味線の出し入れや、御簾の上げ下ろしをして、口上がいえるようになるまでにも半年はかかり、そのあとは御簾内《みすうち》の修業といって、御簾を降ろしたまま顔を見せずに語る時期を経た上で、やっと一人前の口語りになれるのだ。そこから口の二枚目、三枚目、四枚目、切の四枚目、三枚目と順々に昇進し、さらに切前や切語りになろうという者は上方に行って何年か修業を積んでくるのが当たり前とされている。

「そりゃ切語りになるのは大変な出世ですから、お園ちゃんにいくら人気があっても、客寄せだけで真打に据えたとあっては、ほかの女義さんたちが黙っちゃおりませんよ」

「その通りや。そやさかい、あては心配してますのやないか」

「だから真打にするには、手見せといって、それなりの試験をいたします」

「シケンてなんだんねん？　そんな変なことをされてまで、真打にならせたいとは思いまへんで」

と、お勝は斜眼をじろりと光らせた。

「ハハハ、まあ、そう尖《とん》がらずに話を聞いておくんなさいよ。新柳亭は明日にでもお園ちゃんの看板をあげたいところだが、睦連《むつみれん》の仲間が勝手を許しませんので、手見せというもんをしなくちゃならねえようなんですよ」

寄席を経営する席亭は睦連という組合を結成し、新柳亭のほか茅場町《かやばちょう》薬師前の宮松亭、吾妻橋の東橋亭《とうきょう》、本郷の若竹亭、瀬戸物町の伊勢本《いせもと》亭といった五軒の席亭がその元締めをしている。それら五軒の席亭の前で語りを披露して、真打昇進の判断を仰ぐのが「手見せ」なのだという。

「あっしも請け合った手前、ここはおふたりになんとしてもお願いしなくちゃならねえ」

「あんたが勝手に安請け合いしはったのやおまへんか。あてらは知らんことだす」

「おいおい、今さらそりゃねえでしょう」

と近久はやおら開き直ったふうにいう。

「こう申してはなんだが、文楽座からこっち、あっしはお前さん方に付きっきりで世話をいたしました。おかげで音羽屋の旦那にはすっかりあてにされなくなるし、千歳座のほうもお払い箱だ。この先は、お前さん方の行く末に賭けるしか、あっしの生きる道はねえんですよ」

綾之助母子はおのずと顔を見合わせてしまった。こちらから頼んだわけではなく、近久が勝手にさまざまな仕事を引き受けてくれたのだが、相手の事情を改めて聞かされると、さもありなんと思えるいっぽう、何かとんでもない罠《わな》にはまったような気もした。

「お園ちゃん、いや、綾之助さんは子どもながらに立派な芸の持ち主だ。あっしは最初に聞いたときから、これを放っとく手はねえと思った。案の定あっしの耳にくるいはなく、世間も放ってはおかなかった。そしたらふつう、欲が出ようってもんじゃありませんか。いや、あっしよりも、お前さん方に欲ってェもんはねえんですかい？」

近久はまじまじとこちらの顔を交互に見ている。

「たいがいの芸人にとって、寄席の真打になるのは夢のまた夢だ。それが十《とお》やそこらで看板をあげられるとなれば、ふつうなら跳びあがって歓んでもよさそうなとこじゃありませんか」

「えらい愛想が無《の》うてすまんけど、別にあてらが芸人にしてくれて頼んだわけやおませんで」

お勝はすかさず相手の出鼻をくじいた。

「ハハハ、そこまでいっちゃァ身もふたもありませんやね」

相手は苦笑しながらも、いうべきことをはっきりといった。

「真打になりゃ、まず寄席の扱いがちがうし、給金《ワリ》だって今の倍にはなりますよ」

寄席の給金はその日の収益《あがり》を出演者で割るからワリと呼ばれる。女義太夫の場合、口語りだと客ひとりあたり一厘、切前でも四、五厘だが、切語りの真打ともなれば一銭以上の配当だから、寄席が満杯なら一日で数円にもなる勘定で、並の人には到底できない稼ぎだった。

「つまり、あんたはこの子の稼ぎをあてにしたはるんだすなあ」

お勝はいいにくいことをずっけりといい、綾之助はそれを聞いてほとほとうんざりしていた。

寄席に出てみたいといったのは自分だが、いざそうなると、あらゆる面でお金というものがからんでくることにびっくりしている。

まず平井家で居候を続けるわけにもいかず、近所の借家に引っ越して家賃がかかるようになった。新居には家財道具もそろえなければならなかった。転覆の一件に懲《こ》りたお勝は、おまけにお抱えの車夫まで雇った。入ってくる金はあっても、出てゆく金も多くなったのは子どもの目にもわかり、財布の紐をにぎるお勝がやたらとお金のことを口にするようになったのは嫌でたまらなかった。

「新柳亭はもちろん、寄席の連中はみんな綾之助さんが真打になるのを望んでおります。ただほかの女義さんの手前、どうしても綾さんだけ手見せを省くというわけにもいかない事情をお察しくださいよ」

近久が説得に努めたおかげで、お勝もついには折れざるを得なかった。それからすぐに披露する曲の相談となり、「太十」や「阿波鳴」では新味がないから、何かほかの曲にしたいと近久はいう。そこでやっと当人が口をはさめた。

「うち『先代萩』の『御殿』を語ってみたい」

「あんた、まだそれは習《なろ》てへんやないの」

お勝はあきれ顔だが、近久はにこにこしておだてにかかる。

「なるほど、そりゃいい。綾之助さんなら習わなくても、あの京竹なんかより、はるかに巧く語れますよ」

むろん綾瀬太夫にみっちり稽古をしてもらった上で、手見せとやらに臨んだのはいうまでもない。


手見せの当日は午後から新柳亭の二階にぞろぞろと人が集まっていた。窓が開け放たれて涼しい川風が吹き込んでくるが、それにもまさる異様な熱気があたりを支配している。といっても日ごろぎっしりと埋まる客席にはほんの十数人の姿しか見えない。

試演に先立って、綾之助母子は立花という新柳亭の席亭と近久に左右から付き添われるかっこうで何人かに挨拶をさせられた。相手はいずれも席亭で、浅草文楽座の楽屋にも訪れた男がほとんどだったが、ひとり初対面の相手がいて、立花はその男には格別の敬意を払っているふうだ。

「こちらは宮松亭の……」

と紹介されたその男は、

「片山です。どうぞお見知りおきを」

低い声で自ら名乗って意外なほど丁寧な挨拶をした。恰幅のいい初老の男で、頬の肉がたるみ、唇が分厚いわりに眼が細くて、ちょっととらえどころのない人相に見える。

「わしは初めてだから楽しみに聞かせてもらいますよ」

という言葉もだれに向けて放たれたのかわからぬまま、立花が率先して頭を下げた。

「聞けばまだ十一歳だというじゃねえか。十一で看板をあげるとなれば破格の扱いだ。しかもあげるのは場末の寄席じゃねえ、両国で名の通った新柳亭なんだからね。生半可《なまはんか》な芸じゃ、睦連にまで恥をかかせますよ」

無遠慮に釘を刺す片山を、立花はぺこぺこしながらひとまず別の部屋へ案内している。

「あれは、なんだんねん？」

お勝が近久にたずねたのは片山のことではなく、指さす先には壁際にずらりと並んで腰をおろした男たちがいた。

「ああ、あれは五厘《ごりん》の連中ですよ」

「そう聞いたら、たしかにどっかで見た顔もあるわ」

五厘と呼ばれた男たちを、綾之助は改めてしげしげと見ている。いずれも席亭のように羽織を身につけてはおらず、地味な縞物を着流しにしていた。胡麻塩頭や禿げちゃびんが多いが、中には黒髪で髭の剃り跡が青々しいのもいる。キセルをくわえたり、黙って腕組みをしたり、隣りとひそひそ話をしたりとさまざまながら、皆ひと癖もふた癖もありそうな面構えで、何やら得体の知れない感じだ。

「やつらは睦連の手先で、芸人にとっちゃ敵役にもなりかねないが、あっしはどこまでもおふたりのお味方ですから、どうぞご安心を」

と近久はお勝の耳もとでささやいた。

五厘は芸人と寄席のあいだを取り持つ稼業で、客ひとりにつき五厘の報酬を得る建前だからそう呼ばれている。芸人ひとりひとりと出演交渉をするのは大変なので、大手の寄席は五厘に肩代わりをさせた。

寄席は人気のある芸人の出演を望み、芸人はなるべく立地がよくて客入りのいい寄席に出たいから、双方が五厘の仲介をあてにする。五厘は双方を巧く手玉にとって、芸界でだんだんと幅をきかせるようになった。ことに芸人は数が多い分、寄席よりも弱い立場で、何かと五厘のご機嫌を取らなくてはならない。もっとも黙っていても寄席から引っ張りだこになりそうな綾之助は五厘のご機嫌を伺う必要もなかったし、寄席との交渉は近久が引き受けている。

五厘が座る壁際の反対側に独りぽつねんと座った女がいて、綾之助母子は近久の導きでそこへも挨拶に出向いた。

その女は広間の隅にそっと控えながらも、藍鼠《あいねず》の着物に紺青色《ぐんじょういろ》の絽羽織という、いかにも江戸前の粋な着こなしが目を惹いた。髪は昔ながらの島田に結い、衣裳に劣らぬ、すっきりとした粋な美貌だ。

「小住《こすみ》師匠」

近久が声をかけると、相手はやおら衣紋《えもん》をつくろって、こちらの顔をじいっと見た。

「ああ、これが噂の綾ちゃんだね。前からいっぺん聞きたい聞きたいと思いながら、お客様と並んで聞くわけにもいかないから、今日は新柳亭《こちら》に無理をいって、席亭衆のご相伴をさせて戴くことにしたんですよ。楽しみにしてますからね。存分に語っておくんなさいな」

ちゃきちゃきの江戸弁でまくしたてられて、綾之助はぼうっとした顔で両手をついた。

「どうぞ、よろしうお願い申します」

「いいねえ、ふだんからそんなふうに話せるんだから。ホホホ、あたしらは逆立ちしたって敵いませんよ」

「なんの、なんの、小住師匠も大阪で立派に修業を積んで、あの名人の住太夫さんから一字を譲り受けたお方じゃありませんか」

と近久が口を添えたところで、横合いからお勝がしゃしゃり出た。

「へええ、あの住さんのお弟子でっかいな。そら懐かしいことでおます。うちの子も住さんに聞いて戴いて、きつう賞めてもらいましたによって」

「ほう、さすがに大阪のお人は、いうことがちがったもんだ。ホホホ、こりゃますます楽しみに聞かなくっちゃァならないねえ」

お勝のいいぐさに小住はさほど気を悪くした様子もなく、鷹揚に笑いながらこちらの顔を見た。綾之助は面映《おもは》ゆくてうつむき加減でもじもじしている。お勝がずうずうしく前に出ればでるだけ、引っ込み思案になるのは昔と変わらなかった。

が、いったん高座にあがれば話は別だ。こんどはお勝がうつむいて糸巻をキリキリいわせるあいだも、堂々と前を向いて客席を見渡している。広い客席にぽつんぽつんとしか人が見えないのは残念だし、キセルをふかしたり、窓の外を眺めたりして皆あまり聞く気がなさそうに見えるのもなんだかひどく物足りない。

「おい、どうした、見台を忘れてるじゃねえか。だれか早く持ってこい」

急に客席の後方から野太い声があがった。声の主は宮松亭の片山で、舞台に近い新柳亭の立花が静かに答えた。

「綾ちゃんはいつも無本なんで、見台は置かないことにしております。今日はサワリだけ語ってもらいますが、やろうと思えば一段丸ごと無本でも」

「へええ、一段丸ごと無本で語るとはたいしたもんだ。それで、今日は何を聞かせてもらえるんだね」

綾之助は急に口がむずむずとして声がひとりでに飛びだしてしまう。

「東西とーざーい。このところお耳に達しまする浄瑠璃名題『伽羅先代萩』御殿の段。相勤めまする太夫、竹本綾之助。三味線、鶴澤鶴勝」

これを聞いて片山が大声で笑いだした。

「ハハハハ、ご本人自らの口上とは恐れ入ったねえ」

ほかの者もみな失笑を禁じ得ないかっこうだが、

「いいじゃないですか、子どもらしくって。あたしゃとっても気に入ったねえ」

小住がよく通る声で助け船を出してくれたところで、お勝はやっと撥《ばち》を動かした。

チン、チン、チン、チツンと三味線が鳴り響いても客席はまだざわついていたが、「あとにはひとり政岡が、奥口窺い窺いて、わが子の死骸抱きあげ……」と綾之助が語りだせば、水を打ったように静まり返った。くわえたキセルはひとまず煙草盆に置き、窓辺や壁際から速やかに真ん中へ進み出て、いずれも真剣に聞き入る様子だ。

政岡がわが子の死骸に取りすがって慟哭し、もはや千年万年待ってもわが子は二度と帰ることはないと嘆く聞かせどころで、綾之助は思いきり声を張りあげる。

「せんねん、まんねん、まーアアアア」と高まった声は「たアとてー」と急降下し「なんのオオたよオりイがアア、アアア、アア、アア、アア」とまた少しずつ上昇し「あろーオオオオオオぞオオオいイイイのオオオ」と揺れながら落ちてゆく。綾之助が器用にまわす小節《こぶし》の面白さはこの道の玄人をも大いに唸らせた。

語り終わるとすぐ別座敷に案内されて、そこには山海の珍味を載せた蝶足膳が待ち受けていた。待ち受けていたのは料理ばかりではない。五人の席亭がずらりと顔をそろえて綾之助母子を大いにねぎらった。

「噂には聞いても、自分の耳で聞くまでは正直いって信じなかったが、この子はやっぱり本物だねえ。ハハハ、わしは越路太夫を聞くよりも面白かったよ」

のっけに宮松亭の片山が手放しで賞めたから、新柳亭の立花は得意満面である。

「芸界には、ときどきこういうとんでもない麒麟児がひょっこりと姿をあらわすんですねえ。この子のおかげで本当にうちも助かりますよ」

ほかの席亭も負けじと賞賛の嵐を吹かせ、綾之助とお勝は皆から次々と酌を受けて顔を赤く染めた。この間に襖の外では近久が五厘たちに取り巻かれていたらしい。

「次はどこの寄席に出るのか、その次はもう決まってるのかとか、まあ、連中がうるさくて大変でした。小住師匠もこりゃうかうかしてられないと、へへへ、すっ飛んで帰《けえ》りましたよ」

近久はもともと芝居の興行で飯を喰うはずの男だったが、いつしか寄席の芸界にも鋭く通じており、それでいて芝居の派手な興行の打ち方が忘れかねるのだろう。

「真打の看板をあげるとなったら、この際に名披露目《なびろめ》もしっかりとしなくちゃならねえ。さて、どうしましょうかねえ」

と思案投げ首をしたものだ。

寄席一軒に足を運ぶ客の人数は、芝居に比べたら、たかが知れている。しかしながら劇場《こや》に比べて寄席は断然数が多い。寄席は市中のあちこちに散らばって、そこには近所の客が下駄履きで気軽に訪れている。寄席の客をすべて併せたら芝居の観客をはるかにしのぐのではないか。綾之助の名が広まれば、きっと遠方からも聞きに来る客が大勢いるはずだと近久は考えたらしい。

寄席でも客寄せのビラを撒《ま》いて近所の銭湯や床屋などに貼らせているが、それは芸人の名を記しただけの地味なものに過ぎない。綾之助の真打披露には、歌舞伎役者にも負けないような錦絵のビラをこしらえたいとして、近久はさっそく酒問屋の藤田に相談を持ちかけた。

「錦絵を摺《す》るとなれば、絵師や彫師に頼んでそれなりの費用《もの》がかかりますんで、ここはひとつ、綾之助第一等のご贔屓である旦那に、ひと肌脱いで戴きとう存じましまして」

「まあ、そういわれたら、わしもこれまで肩入れをしてきた手前、乗りかかった船だと思い、なんとかしようじゃないか」

というようなやりとりで取り敢えず錦絵の資金は調達された。

最初の錦絵に綾之助はイガグリ頭で描かれた。肩衣を着け袴をはいた裃《かみしも》姿で扇子を前にお辞儀をしている絵だが、恰好はともかくも、顔はあまり似ていないからご本人は少しばかり不満で、それを口にして近久に笑われた。

「ハハハ、錦絵は皆こういうもんですよ。それよりも、このビラをどこに貼るかだが、せっかくこれだけのものを作って、両国の銭湯や床屋だけに貼るんじゃ勿体ねえ。なんとか東京中の人の目に触れるようにしたいもんですよ」

近久は錦絵の束を前にしてまたも思案投げ首である。

「そういうたかて、東京は広いさかい、端から端まで貼って歩くわけにもいかんし、この枚数ではとても足りませんやろ」

と、お勝は気がなさそうないい方をした。毎度こちらが頼みもしないのに、近久が勝手に事を大きくしてしまうので、いささかうんざりしている様子だ。

東京はなにしろ広い。綾之助は来た当初からその広さにたまげたものだ。街が広いから道幅も広い。道幅が広いから、線路の上を走る大きな馬車まであるのにびっくりした。それをたまたま平井医師に話したことでチャリネの曲馬に連れて行かれて、そこで近久とご縁ができたのだから、お勝の口癖通り、人間生きてて何ひとつ無駄はあらへん、というべきなのだろうか。

「東京は広いというたら、うちはすぐに馬車鉄道を想いだすけど……」

この何げないひと言も無駄にはならなかった。

「そいつァいい。そうだ、馬車鉄道だっ」

近久は即座に膝を打って、さらに事を大きく進めた。

一両二十七、八人乗りの客車を二頭立ての馬で挽く馬車鉄道は新橋から日本橋、上野、浅草、浅草橋をまわってまた日本橋へと、市の中心部を毎日ぐるぐる循環している。三十両からの馬車が頻繁に往来し、むろん乗客も絶えず入れ替わるので、多くの人の目に触れるには絶好の場所といえた。

近久がさまざまなツテを頼って奔走したおかげで、綾之助の錦絵はめでたく馬車鉄道の客車に貼られ、いわば後世の中吊りポスターのようなかたちで強く人びとの目を惹いたのだった。

イガグリ頭の絵と「竹本綾之助」の名前を見て、女義太夫を知らない多くの者はてっきり少年だと思い込み、神童あらわる、麒麟児の出現と噂するようになった。昔から物見高い江戸っ子の常で、綾之助の声を一度も聞いたことのない人びとが新柳亭の前にぞろぞろと押しかけて初日には長蛇の行列ができた。二階の客席は押し合いへし合いの大混雑で、秋だというのに窓を開けないと耐えられないほどの熱気が充満し、床が抜ける心配までされるありさまだ。

聴衆というよりも、綾之助の見物人といったほうがよさそうな連中までかき集めてしまったことで、お勝は頗《すこぶ》る難色を示して楽屋で近久にさんざん文句をいう。

「お客が多ければええちゅうもんとは違いますがな。浄瑠璃を知らん素人の客がのさばって、こんなガヤガヤしたとこで、だれがちゃんと聞いてくれますねん」

「まあ、そうむげに仰言らないでくださいよ。素人《とうしろ》の客を馬鹿にしたもんじゃねえ。本物の芸なら素人の客にだって伝わるはずだ。いや、素人の客に伝わってこそ、初めて本物の芸だといえるんじゃねえか。あっしは近ごろそう思うようになったんですよ」

近久はいつになく真面目になって反論をした。

「怒っちゃいけませんぜ、素人といえば、そもそもお前さん方からしてずぶの素人だった」

と、まずは一本取る。

「その素人が並み居る玄人の芸人を蹴散らして、これほど大勢のお客を呼んだ。全体そりゃ何故だと思いますね？　素人は、手垢がついて薄汚れた芸よりも、まっさらで純白な芸を好むからですよ。『改良義太夫』なんぞと謳《うた》ってみても、所詮、玄人は根っこが腐ってるとわかったところで、ひょっとして素人のお前さん方なら、女義太夫を根本から変えられるかもしれねえと俺はみた。

お客だって同じことで、いかなる芸も通ぶった客ばかりを相手にしてたら先細るいっぽうだ。素人のお客に、いいものを見せて、聞かせて、新たなご贔屓になってもらってこそ、芸の道は広がるんじゃねえでしょうか。綾之助師匠ならそうやって女義太夫の道を大きく広げてくださるはずだと、あっしは信じてるんですよ」

近久は熱っぽくまくし立てて綾之助の顔を見つめている。くりっとした愛敬のある眼も今は怖いくらいに真剣そのものである。

綾之助はなんとも実に奇妙な感じだ。

最初はお園ちゃんだったのが、相手はいつの間にか自分のことを綾之助師匠とまで呼ぶようになっている。わずか一年のあいだに、それだけでもえらい変わりようではなかろうか。自分は少しも変わらずにいるのに、自分を乗せた馬車は闇雲に突っ走って、どこへ連れて行かれるかわからないような不安に襲われる。

高座にあがっても、この日は不安が去らなかった。黒御簾の中から枡席がすし詰めで身動きのならない客がざわざわしているのが見える。後方に座った客は綾之助の姿をなんとかひと目見たいと身を伸ばして周囲と悶着を起こすのか、怒号まで飛び交っている。「待ってました、綾ちゃん」のかけ声も多すぎて、口上の声がこちらの耳に入らない。

御簾があがったとたん、綾之助は来てくれているはずの平井医師の姿をまず目で捜したが、どこに埋もれたものかさっぱり見あたらない。例の円い眼鏡を見つけようとしても、今日はあちこちに玻璃片《レンズ》が光っている。これまでのお客とはあきらかにちがう人びとが多そうで、いつも聞きに来てくれている老夫婦のひと組をやっと発見するも、周りに揉《も》みくちゃにされているのが気の毒だった。

御簾があがっても騒ぎは一向に静まらないどころか大きくなるいっぽうだから、綾之助は気を鎮めるのも困難だった。それを知ってか、横のお勝が糸巻をひねりながらぼそっという。

「嫌やったら、止めてもええのやで。あてが頭を下げたら済むこっちゃ」

この言葉で急に気持ちが楽になった。

乗った馬車から降りようと思えば、自分はいつだって降りられるのだ。それならば今はただ行くところまで行くしかない。

綾之助は腹の下にぐるぐると巻きつけた麻の帯をしっかりとつかんだ。お勝が本職の太夫に倣って縫った腹帯で、子どもでもこれを締めれば腹の底から声が出しやすくなるのだった。

「のこーる蕾《つぼみ》の花ひとつ、水あげかねし、ふぜーいーにーてー」

と語りだせばこっちのものだ。聴衆がざわざわしようが、好奇の眼差しを向けられようが、もう綾之助の知ったことではない。

一心不乱に、取り憑かれたように、澄んだ眼を宙空にきらきらと輝かせ、朗々と伸びやかな美声を聞かせる子どもを前にして、客席はいつしかしんと静まり返っている。浄瑠璃の良し悪しはわからなくても、子どもの天分と真剣さはしっかり伝わって、おのずと聴衆の襟を正させた。

いずれも息を凝らし、咳《しわぶき》するのも忘れて耳をそばだて、一段の語りが済めば、ほうっというため息に続けてやんやの喝采が始まる。御簾が降りると場内はふたたび大混乱で阿鼻叫喚にも似た騒ぎに陥るが、楽屋ではそれも嬉しい悲鳴に聞こえた。

次の日も、また次の日も同じような騒ぎが続いた。騒ぎは収まるどころかさらに高じて、綾之助が舞台の袖からちらっと姿を見せただけでもウオーッとどよめきがあがるから、これにはさすがの近久も、

「いやはや、素人の客は恐ろしいや。寄席がこんなふうになるとはねえ」

とぼやく始末である。

この当時、寄席の興行は月初から十五日までの上席《かみせき》と、十五日以降の下席《しもせき》とに分かれ、同じ日でも昼席と夜席とでは出演者が入れ替わる建前だ。昼席は夜席に比べてふつう客入りの薄いのが当たり前とされていたが、上昼席での真打披露に客が引きも切らず押し寄せるから、新柳亭からは続けて下席の出演がはやばやと求められた。

近久はその間もほかの五厘との対応に大わらわで、あげく新柳亭の立花を揺さぶりにかかった。

「宮松亭でも、東橋亭でも、若竹亭でも、みんな綾之助師匠の出を心待ちにしてるそうですからねえ。新柳亭さんにだけ義理立てをするわけにも参りませんので、ちいとワリ増しのほうを、お考えになってくださいましな」

ここぞとばかりに出演料の駆け引きをするのは綾之助の耳にも入っている。

近久は綾之助専属の五厘といってもよい。今やむろんただの親切で世話を焼いているわけではないが、綾之助がまだ海のものとも山のものとも知れないころからの付き合いだけに、お金目当てでつきまとっているとも断じきれないことは、子ども心にもわかった。ずぶの素人である母子にとっては、近久がいなければにっちもさっちもいかなくなるのは目に見えていた。

近久は当初から綾之助を売りだすことにやたらと熱心で、それはただただ夢中でやっているとしか思えなかった。錦絵を摺って馬車鉄道に張りだしたのもその一つだが、新柳亭の真打披露が評判になると、こんどは絵草紙問屋が勝手にどんどん綾之助の錦絵を摺りはじめ、これがまた巷で飛ぶように売れていた。

「便乗で商売をされるのはばかばかしいが、へへへ、これも人気稼業にとっちゃ悪い話ではござんせんよ。芸人が売れるときは、何もかもいっきに売れます」

と近久は得意げである。

「綾之助師匠も覚悟しといてくださいよ。これからきっと、売れに売れて困るようになりますからね」

「今でも十分売れてますがな」

と、お勝が疲れた声でいった。

「フフン、小さな寄席をいっぱいにしたくらいじゃ、まだまだ売れてるうちには入《へえ》りませんよ。菊五郎《おとわや》をご覧なさいまし。あれだけ大きな千歳座を毎日大入りにしてるじゃありませんか。あっしはその音羽屋を袖にして、綾之助師匠に見変えたんですぜ」

綾之助は何やら空恐ろしくなった。冗談にしても近久の話は大げさ過ぎて、自分のことをいわれているような気がまるでしない。

「アホらしうもない。真面目に聞いてたら、何をいわれることやら」

お勝が軽くいなしたところで、相手はがぜん向きになった。

「こりゃ決して冗談やなんかじゃねえ。本気で話すことですよ。あっしの目や耳にくるいがなければ、竹本綾之助の名は遠からず東京中、いや日本国中に知れ渡って、だれもが一度はその声を聞いてみたくなりましょう。芸人が本当に売れだしたらどんなふうになるもんか、フフフ、今におわかり戴けますよ」

近久がにやにやしている顔を、綾之助はぽかんと見あげていた。相変わらず自分のことをいわれているとはとても思えなかった。

だが近久の予言が現実のものとなるのにさほどの時はかからず、二年後には早くも目の回るような日々が待ち受けていたのである。

八丁あらし

楽屋の中はめっぽう蒸し暑かった。梅雨入り前でこれだと先が思いやられる。綾之助は雨に濡れたようにてらてら光る繻子《しゅす》の肩衣《かたぎぬ》を素早く外した。汗でぐっしょりした床着《ゆかぎ》を脱ぎ捨て、腹帯を解きながら、火鉢にかけた薬罐《やかん》がしゅんしゅんいう音を聞いて、思わず声が尖ってしまう。

「だれか早よ手拭いを持ってきてえなっ」

速《すみ》やかに湯の入った金盥《かなだらい》がそばに運ばれて、搾《しぼ》った手拭いが渡される。ぐずぐずに崩れた化粧を一刻も早くふき取りたい。首すじから胸にかけての汗まで拭い、鏡台の前に腰をおろして、ようやくほっとひと息だ。

鏡に映る顔はもうさすがにイガグリ頭ではないが、男装に変わりはなく、伸ばした髪を牛若丸のような稚児髷《ちごわ》に結いあげている。浄瑠璃を激しく語るあいだに髪の乱れは凄まじく、櫛で前髪を整えたくらいではどうにもならないようだから、ついまた声が尖ってしまう。

「お母ちゃん、この頭をなんとかしてえなっ」

「フフフ、あんたでも髪を気にする年ごろになったんやなあ」

「余計なこといわんでええさかい、ちゃっちゃとやってんか。今日またあそこの三味線がスカ撥《ばち》になって、ほんま語りにくかったやないの。お母ちゃん、あの曲を何年弾いてんのや。もうええ加減にしてほしいわ」

「まあ、まあ、えらそうにいうてからに。近久さん、聞いたか。こんな生意気なことがいえるような子になるとは思わなんだで」

お勝は案外のんきに櫛を使っているが、団扇《うちわ》であおいでくれる近久は矢の催促だ。

「さあ、これからまだ下谷《したや》の吹抜亭《ふきぬき》にご足労を願わなくちゃならねえ。表には善公が待ちかねておりますんで、早くおしたくを願いますよ」

「そうや、今晩もまた二軒バネやったなあ。ああ、こんな忙《せわ》しないことが、いつまで続きますのやろ……」

お勝はぼやきながら櫛を置いて三味線を片づけにかかった。近久は懐中から取りだした帳面をわざとらしく繰りながら、自身も一応はぼやいてみせる。

「ほうら、今年は正月の初席から師走の大下《おおじも》まで、こうやってびっしりと埋まっておりますからねえ。こっちも無理なもんは無理だと突っぱねるんだが、なにしろ寄席のほうが、あそこに出て、どうしてうちには出ないんだとかなんとか、まあ、うるさくて参るんですよ」

綾之助の人気は止まるところを知らず、今やご贔屓から贈られる後幕《うしろまく》が多すぎて、舞台に飾りきれぬと寄席から苦情が出る始末だ。近ごろは若いご贔屓もぐっと増え、切れ長の涼やかな眼をした凜々しい美貌が若い娘たちの心をつかんで、御簾があがればキャアッという黄色い歓声が飛んだ。女義界の麒麟児という評判が若い男たちの心を駆り立て、聞かせどころのサワリになれば「よう、ようっ」と大きな喝采があがる。

この人気を放っておく手はないとして、ほうぼうの寄席からお呼びがかかり、綾之助はまさに牛若丸よろしく、ひらり、ひらりと東京市中を飛びまわるかっこうだ。

今日も昼席は吾妻橋の東橋亭に出て、夜席はこの新柳亭に出たあと、楽屋でひと息つく暇もなく下谷の吹抜亭へまわらなくてはならない。二つの寄席でトリをとることは二軒バネといって、近ごろの綾之助は二軒バネがざらだから、お雇い車夫の善公も大忙しである。

こうした綾之助人気を作りあげたと自他ともに認める近久は、今やどこの寄席でも大きな顔をしていられるが、母子には昔ながらの愛想のよさでまめに世話をやく。今宵も繻子の肩衣と黒縮緬《くろちりめん》の床着をまとめてお勝の三味線箱と一緒に俥へ載せるという、箱屋まがいの奉仕までしていた。

車夫の善公は脚力はもとより腕力もありそうな強面《こわもて》の男で、綾之助をひと目見たさに楽屋口に群がる連中を押し退け、はね除け、蹴散らして、俥を勢いよく走らせた。しつこくどこまでも追ってくるのがいるから全速力で駆け通し、俥上でガタガタと揺すられ続けた綾之助はすっかり悪酔いしてしまい、吐き気を堪えて吹抜亭の楽屋入りをし、鏡台の前に座ってまた嫌な化粧をし直すはめになる。

それでも高座にあがればふしぎと気分が落ち着いて、声を出すことに集中した。楽屋には手伝いが大勢いて、客もひっきりなしに訪れるから、身辺は常に騒然としている。高座で大勢の聴衆を前にするときが、むしろ平静でいられる唯一の時といってもいいくらいだ。

うっかり風邪も引けないような目まぐるしい毎日でも、せめて一日に一席は浄瑠璃が一段丸ごと語れたら文句はなかったが、今はそれもままならない。寄席を梯子して、サワリばかり披露しながらお茶を濁す毎日には当人が一番うんざりし、胸のうちに砂嵐が吹くような索漠たる気分が、楽屋でついつい尖り声になってあらわれる。

うちはこんなにええ加減な浄瑠璃を語ってて、ええんやろか……という気にもなるのは、ちゃんとした稽古をする余裕すらないためだ。

綾瀬太夫の元に通う暇がないから新曲は習うことができないが、それでもおさらいだけはなんとかしようと鶴澤清右衛門に出稽古をお願いしていた。ところがそのことで、想ってもみない、あらぬ疑いを持たれるはめになった。

この日お勝は自宅で新聞に目を通しながら「なんや、これはっ。どういうこっちゃ」と急に怒りだして新聞紙を近久に突きつける。

「清右衛門があてと夫婦で、綾之助がふたりのあいだの娘やなんて、なんでこんなええ加減なことを書かれなあきまへんねん」

「ああ、こりゃ、『やまと新聞』ですね。三遊亭円朝師匠の新作噺を載せて売上げを伸ばした新聞だが、記事なんざ大抵いい加減だから、取り合うほどのもんじゃござんせんよ。あること、ないこと、面白がって書かれるのは、人気者の証拠だと割り切ったほうがようござんす」

そうなだめられてもお勝はまだ腹の虫が治まらない様子で、新聞紙をびりびりと破り捨てた。近久は苦笑いで帳面を繰って相変わらず矢の催促だ。

「そんなことよりも、今日は夜席の前に渋沢の御前様にお伺いをしなくちゃならねえんだから、早くおしたくを願いますよ」

綾之助を待つのは寄席の客ばかりではなかった。

幸か不幸か最初の浅草文楽座出演が「改良義太夫」を謳った興行だったので、演劇改良会の耳目にも留まったのは当然の成りゆきだ。

渋沢栄一はその演劇改良会の一員に連なって、自ら「改良演芸会社」なるものまで立ち上げているが、本来は第一国立銀行の頭取を皮切りに、広く財界に君臨する大実業家であることは周知の通り。綾之助母子が大阪から東京に出てこられたのも、渋沢が設立に関与した日本郵船のおかげなのである。

三田に大名御殿さながらの大きな屋敷を構えた渋沢は、しばしばお気に入りの芸人を召《よ》んで芸を披露させた。綾之助は毎月二、三度はかならず屋敷に召されていて、それは芸もさることながら、美少女の愛らしさがものをいうふしもありそうだ。

齢《よわい》五十になったばかりでもすでに長者の風格を漂わせた主《あるじ》は存外やさしげな顔をしており、やや垂れぎみの細い眼をさらに細めて「綾ちゃん、よく来てくれたねえ」と歓待した。

渋沢はいっぽうでさまざまな貴顕紳士を招待して共に芸を鑑賞するが、この日の来客は大勢あって、綾之助のほかにも召ばれた芸人がもうひとりいる。

賓客の集う広間から廊下を少し隔てた控えの間で、綾之助はそのもうひとりの芸人と対面した。先に部屋にいた相手をひと目見るなり、近久はいたく恐縮の面もちで、すぐさま両手をついてひれ伏している。

「まさか大師匠と、ここでご一緒になろうとは……」

綾之助はしばしぼうっとその芸人に見とれていた。頭はあちこち飛びはねそうな縮れっ毛を油でしっかり固めて行儀良く撫でつけてあった。華奢《きやしや》な細面のようでいて、頬骨と顎が張って存外強情そうだし、眼は落ちくぼんで少し暗い感じがする。大きな唇《くち》をへの字に曲げた表情がなんとも気むずかしそうで、いささか取っつきが悪い人相だ。

黒紋付きに羽織袴の折り目正しく、両手をきっちり膝に載せて背筋を張った姿勢は人を容易に寄せつけず、寄席でよく見かける芸人とはかなり雰囲気が異なるが、それでいて今日だれよりも世の中で知られた芸人であるのは間違いない。

「円朝師匠に早くご挨拶を」

と近久に急かされ、綾之助はハッと畏《かしこ》まって両手をついた。

三遊亭円朝とはこれが初対面だが、相手が「怪談牡丹灯籠《ぼたんどうろう》」や「塩原多助《しおばらたすけ》」といった数々の新作をものした噺家《はなしか》の大名人であることはむろん承知している。どこかの寄席でちらっと見かけた覚えもあるけれど、相手は山のような弟子たちに囲まれて、そばにも寄れなかった。高座の姿も目にした覚えはなく、綾之助の中ではもはや伝説の人物と化しており、ここで会えたのはまるでふしぎな夢を見ているようだから、かえって臆する気持ちもなく、まっすぐに顔を見て、朗々とした声で挨拶をする。

「竹本綾之助でございます。どうぞお見知りおきくださいませ」

「ほほう、これが噂のお嬢ちゃんかい」

相手は意外に低い声でぼそっといった。落ちくぼんだ眼でじろじろとこちらを見ている。綾之助は自分が知られていることに妙な晴れがましさを覚えつつも、一礼を終えると両手を膝に置き直して堂々と見返した。

「ホッホッホッ、こいつァ頼もしいや。お嬢ちゃんは、なかなかのしっかりもんだね」

「はあ、もう、気が強い子ォで、どもなりまへん」

と、この場でしゃしゃり出るお勝の気の強さも相当なもんである。

「いやいや、気が強いくらいでないと、いい芸人にはなれませんよ。なにしろお嬢ちゃんは、八丁あらしだからねえ。おお、怖い、怖い」

円朝はおどけたふうに首をすくめてみせた。綾之助はただただ目を丸くしている。

「ハッチョウアラシ……」

この人は自分の心の中に吹き荒れる砂嵐のことまでご存じなのだろうか。もしそうだとしたら、やっぱり恐ろしい名人だと思わずにはいられなかった。

「ご当人は、案外ご存じないもんだねえ」

「へへえ、恐れ入りましてございまする」

近久が大げさにいってまた平伏した。

「八丁あらしとはね」

円朝は綾之助の目をじっと見ながら、ささやくようにいう。

「素晴らしく人気のある芸人が、一軒の寄席に出ると、そこへお客が集まりすぎて、近所八丁四方の寄席がすべて不入りになることをいうんだよ。お前さんのおかげで、うちの弟子どもが皆おまんまの喰いあげだといって騒いでおるが、なあに、そりゃお客を取られるほうが悪いんで、お前さんが気にするようなこっちゃないからね」

なんだ、そんなことかと少しほっとして、

「はい、ちっとも気にいたしません」

綾之助は大まじめで答え、これには円朝もげらげら笑いだした。

「アハハハ、いいねえ。若い子は、怖いもん知らずで」

「へえ、当人はまだまだ子どもで、何もわかっちゃおりませんので、どうぞご容赦のほどを」

と近久はますます恐縮の態《てい》だ。

「お前さん、そりゃ違うよ」

円朝はぴしりといった。

「子どもが何もわからぬと思ったら、大間違いだ」

「へへえ、左様で」

「わしが初めて高座にあがったのは数えで七つの歳だ。さすがにそのときは右も左もわからなかったが、十一歳で二ツ目に昇進したときは、子どもながらに芸道の酸《す》いも甘いも嚙み分けているつもりでいた。真打になったのは十七だから、ハハハ、こりゃわしよりもお嬢さんのほうが昇進が早いわけだねえ」

綾之助は黙ってしげしげと相手の顔を見ている。こんなに皺が寄った大名人にも子ども時代があったというのはふしぎでならない。ただし、子どもが何もわからぬといったら大間違いだと決めつけてくれたのは頗《すこぶ》る痛快だった。

「子どもといっても、このお嬢さんは、幼いころから並の大人に負けない苦労をたくさんしてるはずだよ。ああ、それを思うと、同年輩で同じ苦労を分かち合える相手がないのは淋しいだろうねえ。その若さで真打を張るのはどれほどの気苦労か、お察しするよ」

とまで大名人にいわれたら、満足せざるを得ないところだ。

「お嬢さん、どうか、わしがいうことをよくお聞き」

改まってそういわれると、

「はい、なんなりと仰言ってくださいませ」

勢いよく声が飛びだして、目をきらきらさせている。

澄んだ夜空に瞬く一等星のような眸《め》を見ながら、相手は静かに話を続けた。

「女義太夫にはとかくふしだらな連中がいるのは困ったもんで、寄席芸人の面汚しだといわれても仕方がない。お前さんもこれから年ごろになれば何かと妙な誘いを受けるだろうが、どうか悪い連中の真似をして、変な色に染まらんでおくれよ。汚れを知らぬ純白の色で高座を務めておれば、世間でタレ義太なんぞと馬鹿にされなくても済む。わしは噺家が世間で馬鹿にされないよう、常に自らを戒《いまし》めて日ごろの行いを正してきた。それはそれで苦労なこったが、お前さんもわしと同様、どうか負けずにそうしておくれ」

唇をすぼめてぼそぼそと話す相手の声に、綾之助はすっかり聞き惚れてしまった。浄瑠璃の声とはまるでちがった低い声だが、あたりをしんと静まらせるようなふしぎな威力があった。さすがに噺家の大名人と呼ぶにふさわしい。

その大名人に見込まれたことは、きっと光栄に思わなくてはならないのだろう。けれど会う人、会う人、皆どうしてこうも自分に何かを期待するのだろうか。自分はただ浄瑠璃を語りたいだけなのに、そこへ色んなものが載っかってくるのはなぜなんだろう。

幼い綾之助には何もかもが余計な重荷でしかなかったのである。

綾之助の大当たりで女義太夫の芸人は続々と増え続け、「手見せ」で初めて顔を合わせた竹本小住が、今宵はまた新柳亭の楽屋に乗り込んできて、目下売り出し中の弟子を綾之助母子に紹介した。

「竹本住之助《すみのすけ》と申しまする。綾之助師匠、どうぞお見知りおきくださりませ」

若年ながらも今や切語りの真打として挨拶をされる立場にある綾之助は、お尻がこそばゆくなる思いで聞きながら、その少女の顔をじっと見守った。自分より年下の芸人とお目にかかるのは初めてだが、相手は幼いながらも細面の端整な顔立ちで、自分よりもおとなびた人相だ。色が抜けるように白いから、ぱっちりした眼の黒眸《ひとみ》や、唇の赤さが目について、まるで姉様人形を見ているようだった。

「師匠なんていわんといて。お友だちになりましょ」

と思わず出た言葉に、相手は可愛らしい笑顔を見せた。

「それじゃ、綾姐さんとお呼びいたします」

横ではお勝と小住が笑っていた。

「まだねんねで、とてもお前様方にお聞かせできるような浄瑠璃じゃございませんがねえ。こんだ小川亭でご一緒いたさせますから、お暇があればちょいと聞いてやってくださいましな」

へりくだったいい方をしつつも、小住の表情にはそれなりの自信が覗いた。

神田の小川亭は狭いから客席は常に混み合うが、この日は綾之助が切語りに出るとあって、客が早くから詰めかけており、切の二枚目で住之助が語るころにはすでに大入り満員の札止めだった。

綾之助も早い目に楽屋入りして舞台の袖から住之助を聞くことにした。

曲は『艶容女舞衣《はですがたおんなまいぎぬ》』、俗に「酒屋」と呼ばれる一段で、主人公の名はお園という。

早くから贔屓にしてくれた酒屋の藤田に聞かせるつもりで、綾之助はこの曲をわりあい早くに習っている。主人公の名も自分の本名と同じだから、気持ちが入りやすいはずだと思ったのに、意外とそう巧くはいかなかった。

「酒屋」のお園は半七という男の妻になったが、半七は愛人との間に子どもまでいて、新妻のお園を少しも顧みず、あまつさえ殺人を犯して行方をくらましてしまう。お園はそれでも夫を慕い、「今ごろは半七つぁん、どこにどうしてござろうぞ」と身の上を案じるくだりが曲中の聞かせどころで、派手な旋律のついたサワリになっている。

自分が妻にならなければ、舅《しゅうと》も愛人との仲を早くに許して、半七が殺人を犯すような不幸は起きなかったのではないか。自分は半七の妻になる前にいっそ死んでしまったほうがよかったのだろうかと述懐するお園の気持ちを、綾之助は語りながらついつい考え込んでしまった。つれない夫に、果たして自分はそこまでやさしい気持ちになれるだろうか……。

「サワリがどうも上の空だったねえ。そこはもっと気持ちを込めて語らないといけないよ」と藤田に諭《さと》されたが、自分は気持ちを込めようとしたからこそ、つい考え込んでしまったのだと思われた。

以来、これはまだ自分の歳で語るのは難しい曲なのだろうとして、人前では披露しなかったのだ。

その難曲を、自分よりも年下の住之助が堂々と披露していた。甲高い可愛らしい声だが、それは決して稚拙には聞こえなかった。お園の気持ちが切々とこちらに伝わって、客席はしんと静まり返っている。

「いイっそオオ、死んでエエしもオオたアらー、こオしイたアなんぎイはー、でエきイまアいイもオのをオ、オオオ、オオオ」

とゆるやかに声を張りあげたところで、枡席の一角から「よう、ようっ」と声がかかった。住之助がそこからいっきにワアアッと泣き落としたところで、客席はどおっと波を打って沸き、御簾が降りると凄まじい喝采が起きた。それは切語りの綾之助を凌ぎそうな勢いのある喝采だった。

「あの子はたしかに声がきれいやけど、あれは清元の声や。義太夫の声やない」

とお勝の振るった毒舌が負け惜しみに聞こえるくらい、綾之助は住之助の「酒屋」に打ちのめされてしまった。

住之助はなんの疑問も抱かずにお園の気持ちを素直に語って、それが素直に自分の心にも沁《し》み通った。きれいな声と素直な心が一体となって、浄瑠璃の心をしっかりと伝えていた。住之助は子どもらしく素直だったというのではなく、声も雰囲気もふしぎと自分よりずっと大人に感じられた。大人だからお園の気持ちが語れるのだろう。自分はとてもあのようには語れないという思いが、綾之助の負けん気を揺さぶった。

あの子となら浄瑠璃の話ができる。あの子なら、自分が話すこともきっとわかってくれるだろう。あの子となら本当の友だちになれるかもしれない。けれどいっぽうで、あの子に負けたくないという気持ちが肚《はら》の底からむらむらと込みあげてくる。

綾之助は胸のうちに吹き荒れた砂嵐にかわって、今や修羅の火が熱く燃えさかるのを感じた。もう決して独りではないという気持ちが、自らを奮い立たせた。

この夜は寄席が済んだあと、酒屋の藤田に神田の料理屋でお呼ばれをした。

思えばこうして会うのは本当に久しぶりだから、お勝はいきなり文句をいう。

「藤田の旦那《だん》さん、えらいお見限りでございましたなあ」

「何を仰言る。お見限りはそっちのほうじゃないか。わしは今年になって何度もお誘いしたが、そのつどふさがっていると近久にいわれてねえ。そりゃ渋沢栄一様だの、大倉喜八郎様だの、川田小一郎様だのといったお歴々からお呼びがかかれば、わしのような酒屋ふぜいが袖にされるのも当たり前だとあきらめていたよ。今晩やっと会わせてもらって、こんな愚痴をいうのもなんだがねえ」

藤田が思わぬ渋い声を聞かせたのでお勝は少々慌てている。

「大恩ある藤田の旦那さんを袖にするやなんて、とんでもない。あてらはまるで知りまへんでしたがな」

と斜眼で近久をじろりとにらんだ。近久は首すじをそろっと撫でて恐縮の態《てい》だ。

「まあ、そんなことはもういい。それより今日の出来はあんまり戴けなかったねえ。相変わらず声はいいが、少し耳の肥えた者なら、フシがずいぶんでたらめだとすぐにわかる。前はもっと、きちんと語っていたはずだよ」

穏やかな声でも、藤田のいい方はかなり辛辣だった。昔からのご贔屓だからこそ厳しい指摘もするのだとはいえ、今宵の綾之助はそれを有り難いと聞ける気持ちの余裕がない。

「どこのフシがでたらめでっしゃろ。それをちゃんと仰言ってくださりませ」

つんけんしたいい方で、藤田はあきらかにむっとした表情だが、それでも声はあくまで穏やかだった。

「まあこれだけ人気があれば、若い子がのぼせあがるのは無理もないとして、しかしあんまり天狗になってると、すぐに高い鼻をへし折られてしまうよ。義太夫を上手に語れる子は、綾ちゃんばかりじゃないからねえ。今日の住之助もそこそこ聞けたし、声はともかくも語りの巧さでいえば、ひょっとしたら小土佐《ことさ》のほうが上かもしれん」

「小土佐て、それは一体どこの子だす？」

お勝が向きになった顔で口をはさんだ。

「おや、知らんのかね。近ごろ女義好きのあいだで噂によく出る名古屋で評判の子だよ。あそこは昔から芸所《げいどころ》といわれる土地柄だけに、評判にも信用がおける。幼い時分は東京《こちら》の寄席に出てたらしいが、向こうでめきめきと腕をあげて、近いうちにまた舞いもどってくるという話だから、綾ちゃんのいい競争相手になりそうだねえ」

ここですかさず近久が口をはさんだ。

「その小土佐とやらは、うちの師匠が大当たりするという評判を聞いて、こっちに舞いもどってくるんでしょうよ。小住師匠が住之助という子を売りだしにかかったのも、うちの師匠にあやかって、柳の下の泥鰌《どじょう》を狙う魂胆じゃァございませんか」

「ああ、そうだろうとも。小土佐や住之助ばかりじゃない。これからきっと綾ちゃんを目指せとばかりに、女義にどんどんと若い子が増えますよ。ハハハ、そうなればもう女義太夫よりも、娘義太夫と呼んだほうが通りがいいかもしれんねえ」

藤田はようやく機嫌を直して綾之助に盃を与えている。綾之助はいつも通り、それをいっきに呑み干した。好きな浄瑠璃と同様に、好きなお酒を口にすればおのずと顔がほころんで、にっこりしながら返杯をする。

「うん。相変わらずいい呑みっぷりだ。そうやってほかの子を呑んでかかるがいい。ハハハ、そのほうが綾ちゃんらしくていいよ」

綾之助は小土佐という子とも会って話してみたかった。住之助と三人で一緒に話したら、互いの気持ちがわかり合えそうだ。円朝師匠がいったように、「子どもが何もわからないと思ったら、大間違いだ」と三人で大人たちにいってやりたい。

しかしながら大人たちの作った垣根を乗り越えて、三人だけで会うのはきっと難しいにちがいない。別々の寄席に出ていれば、顔を合わせるのはもちろん、声を聞くことすらできないのだった。

せめて寄席で三人一緒に出られる日を心待ちにするけれど、もしそうなったら、自分はふたりの語りをちゃんと聞いていられるのだろうか。聞いてふたりが自分よりも浄瑠璃が巧いと感じ、客席の喝采も大きかったら、どんな気持ちになるだろうか。

それを思うと綾之助は少しばかり怖くなった。

ドウスル連を、どうするねん

「ありゃ神田の小川亭だったか、芝の琴平《ことひら》亭か、あるいはやっぱりこの若竹だったかもしれんが、とにかく書生のお客が多い寄席だったことは間違いないんで……」

近久はさかんに首をかしげながら事の起こりを想いだそうとしているが、

「そんなことはどっちゃでもよろしい」

と、お勝はにべもない。

「あれはどうにかなりまへんのかと、訊いてますのや」

こうして楽屋でしたくをしていても、すでに客席の騒々しさは半端でないのがよくわかる。なにせここ本郷の若竹亭は数ある中でも飛びきりの大寄席で、ふだんでも一度に六百人からの客が詰めかけるのだ。今宵は綾之助が出るとあって、三割り方増しの人数がすし詰めの上に、例によってまたあの連中が押しかけているのだろう。

今はちょうど中入りの休憩で、「お茶はよしかー、お菓子はよしかー」という売り声も聞こえるが、それにもまして時おり大きな怒号や悲鳴が楽屋にびんびんと響いてくる。各自が膝を抱えて座るような込みようだと、わがまま者や乱暴者がひとりでもいればかならず揉め事が起きるのだった。

「あの連中をどうにかせんと、他のお客様に迷惑でっしゃろがな」

「どうにかするつったって、木戸銭を払って入られたら、追い出すわけにも参りませんよ」

寄席はいずこも下足番が門口に立って、「入らっしゃい、入らっしゃい」と通行人に呼びかけている。下足番はたいがいその道十年の手練《てだ》れだが、客を判別はできても、客選びをするのはまず無理だ。木戸銭を払えば皆ありがたいお客様なのである。

ふたりのぼやきをよそに、綾之助は鏡台に向かって若衆髷に結った髪に櫛を入れながら、胸の内ではこれから語る浄瑠璃を復唱している。いまだに無本で語るため、ちょっとでも何かに気を取られてつっかえたりすると立ち往生してしまう。前はそんなこともめったになかったのに、近ごろは妙な間合いで妙なかけ声を入れる客が増えたから、ついそちらに気を取られて、憶えているはずの文句がすっぽり抜け落ちてしまうから怖い。もし途中でつっかえたりしたら、たちまち「どうする、どうする」と野次られそうでなおさら怖かった。

事の起こりは近久と同様、綾之助もはっきりとは想いだせなかったが、場所はたしか芝の琴平亭だったような気がする。あの寄席は近くの慶應義塾に通う書生の客が多くて、たしかその中のひとりがサワリで「ああ、どうする、どうする」と感に堪えない声を洩らしたのが始まりだったのではないか。

そのとき場内には失笑が起きたけれど、それは決してとがめ立てするような響きではなかった。ああ、どうにも堪《たま》らないという「どうする、どうする」のつぶやきは、美声にうっとりとした若者の素直な気持ちとして周囲に受けとめられ、綾之助自身もご贔屓のありがたいお賞めの言葉として頂戴したのだった。

幕が引かれたあと、友人か何かが「ああ、どうする、どうする」の連呼でからかっていたのはよく憶えている。ところがそれが次の日も続いたどころか、舞台に向かって連呼されるとは思いも寄らなかった。

客席から声がかかるのはめずらしくもなんともない。芝居の名ゼリフに「待ってましたっ」と声がかかるように、サワリが始まる直前にも「待ってましたっ」と声がかかり、サワリが盛りあがったところでは「よう、ようっ」といった合いの手が入る。一段語り終われば「綾ちゃん、大当たりー」という声のかからないほうが不安になるくらいだ。

ただしサワリの途中で「よう、ようっ」と声をかけるのはけっこう難しい。歯切れのいい声で、間髪をいれずにかけないと、間《ま》がこけて語るほうが迷惑をする。したがって、それはよほどの通《つう》でないとかけないのがふつうだ。

「どうする、どうする」のかけ声はその常識をみごとに覆したのである。

書生はしだいに大勢で寄り集まって「どうする、どうする」を連呼するようになった。琴平亭にかぎらずそれは何度も起きた。勢い綾之助はそれを無視できなくなり、サワリの途中でほんの少し間を取るようになった。浄瑠璃としては邪道だが、人気商売としてはそうもいえずに、「どうする、どうする」のかけ声を半ば認めてしまったかっこうだ。それが相手をさらに増長させた。

「どうする、どうする」のかけ声は燎原の火のように広がって、今やあらゆる寄席の女義太夫にかかるようになった。琴平亭に群がる慶應義塾の書生のかけ声はまだおとなしいほうで、ほかの学校の書生が多い小川亭や、この若竹亭では尋常な騒ぎではなくなるのである。

東京はとにかく書生が多い街だ。

維新以来、立身出世を志して地方から帝都東京に遊学する若者の数はどんどんと増え続けていた。大学と呼ばれるのはいまだ本郷にある帝国大学のみだが、官立ではほかに一橋の高等商業学校があり、私立は三田の慶應義塾を筆頭に神田の明治法律学校、和仏法律学校（後に法政大学）、東京法学院（後に中央大学）、早稲田の東京専門学校、湯島の済生学舎（後に日本医科大学）、新銭座の攻玉社といった具合にさまざまな学校があって、今や市の人口約百六十万人のうち三万人をゆうに超える書生が巷《ちまた》に氾濫している。

世間知らずの若者が徒党を組めば、とかく怖いもの知らずになりがちで、

「いやはや、田舎者は法も何もあったもんじゃねえから困りますよ」

と近久のぼやきの種にもなるのだった。

「それにしても、書生の分際でよく銭が続くもんですよ」

と半ば呆れて感心もしている。

木戸銭は四、五銭でも、これに座布団代や煙草の火や番茶代などがかかって十銭にはなる

から、十日も通えば一円という大金だ。にもかかわらず毎日飽きずに通ってきて、肝腎の学校のほうは一体どうなっているかと怪しまれる書生が近ごろめっぽう多いのである。

綾之助のほうも「どうする、どうする」と声がかかったあとに間を取るコツがわかってから、その声がツボにぴたりとはまってくれたら邪魔にはならない。琴平亭は小さい寄席だし、集まるのもほぼ慶應義塾の書生に限られるので、巧く呼吸が合わせられた。だがこの若竹亭は人数が多すぎるし、学校もいろいろで、かけ声はバラバラになりやすい。ただ騒然として、語りにくくなるのは目に見えていた。

ようし、こっちも負けてられへん……。

綾之助は覚悟をして高座にあがった。黒御簾がスルスルとあがればどおっとどよめきが起きる。天井からぶら下がったランプの数に比べて客席は広いから、こうした夜席だとぼんやりとしか見えないけれど、若い男たちが多いことはもわっとした熱気と臭気でわかり、その視線を痛いほど肌に感じた。まるで肉をむさぼるような眼でじろじろとこちらを舐《な》めまわす若い男たちに怯《ひる》んではならなかった。

ふつうなら顔を伏せて見台の床本に目を落とすところが、綾之助は無本だから堂々と正面をきる。中空の一点を見ながら胸を張り、丹田に力を込めて朗々と語りだす。時に腹帯に手をやって太い声を押しだし、時に首を伸ばして高い声を振り絞るも、見台に両手をついて伸びあがったり、首を振って髷の簪を揺らすというような品のない真似は決してしないのである。

義太夫節は情を深く込めて語るから、語るほうも、泣いたり、笑ったりが激しい。苦しみや哀しみがもろに表情に出る。汗みどろになり、時には口から泡をふいて激しく語るのは男の太夫も女の太夫もさして変わりがなかった。

けれど綾之助はなるべく顔を動かさずに、声だけで情を語るように努めている。それはあるときお勝と近久のひそひそ話を耳にしたからだ。

「こっちがいうのもなんやけど、浄瑠璃なんか、若い書生さんにしたら古くさい芸やないか。そやのに、なんでこんなにぎょうさん集まりますのやろなあ……」

お勝が何げない調子でいうと、近久はこう答えたのだ。

「そりゃ大方きれいな娘っこの顔を見たさですよ。そのきれいな顔も、語ってる最中には眉を吊りあげて目をひん剝くし、唇をひん曲げて泡を吹きだしたりと、まあ面白いように変わりますからねえ。へへへ、汗みどろで髪を振り乱して、苦しそうな声が出る顔を見てると、寝床の中で娘っこをよがらせてるような気分にでもなるんでしょうよ。若い男はみんな助平ですからねえ」

あまりにも下品ないい方を聞いて、お勝はいまいましげに舌打ちをした。

綾之助はまだ身に覚えがないことだが、日ごろ浄瑠璃を語っておれば話の見当はつくし、淫靡な調子は露骨に伝わって、顔から火が出るような恥ずかしい思いをした。

たしかにほかの仲間を見ていると、いかにも苦しそうに声を張りあげながら艶《なま》めかしくわざと首を振ってみせたり、場内を見渡しながら流し目をするような者もいた。綾之助はそんなふうにして男の視線に媚びたくはなかった。というより、とにかく声を出すのに夢中だから、だれにどう見られるかなぞ構っていられないのである。

常にきりりとした眼差しで中空を見て、一等星のような眸《め》をきらきらと輝かせて夢中で語る。夢中で語ると顔面は桜花のごとく紅潮し、噴きだす汗に潤んで落花微塵のふぜいになる。それを当人はまったく知らずにいて、若い書生たちを虜《とりこ》にした。

ただし今宵の席はそこまで気を集中するのが難しそうだ。なにしろ高座にあがるや否や、「待ってました、綾ちゃん」のかけ声に続いて早くも後方の席で「どうする、どうする」の連呼が始まったから、お勝も三味線が弾きだせなくて困っている。単に気が逸《はや》るだけなのかもしれないが、まるで嫌がらせのようにも受け取れるので、前のほうの席に座っている者が立ちあがった。

「邪魔をする者はとっとと出てけっ」

「何を小癪《こしやく》な。前に座ったからといって、綾ちゃんを貴様らの独り占めにはさせんぞー」

双方が向きになり、あわや喧嘩騒ぎが起きようとしたそのとき、綾之助はお勝の前弾きを待たずに語りだした。

「臥所《ふしど》へー行ウくー水のー、流れーとー」

今宵の曲は「十種香《じゆしゆこう》」で、主人公はまだ見ぬ許婚《いいなずけ》の武田勝頼を恋い慕う八重垣姫《やえがきひめ》である。八重垣姫は目の前にあらわれた美しい若者が勝頼だと直観し、高貴な姫の身分をかなぐり捨てて自ら堂々と相手にいい寄るのだった。

綾之助は「どうする、どうする」の嵐に負けまいとして毅然と胸を張り、腹の底から声を振り絞る。姫の気持ちになるよりも、今は思いきって声を張るほうが大切だ。

「殿御オにー惚れたアとーいうこーとーがー、うーそー、いつーわーりーにー、いわりょうかー」

朗々と伸びやかな美声を存分に聞かせれば、場内はしんと静まり返ってしまった。幸い「どうする、どうする」の騒ぎも起きずに済んで、ほっとしたところで御簾が降りた。たちまち場内は爆発したような喝采の嵐が巻き起こり、これを心地よく聞く暇もなく、慌てて舞台の袖に走り込まなくてはならない。前に舞台に駆けあがって御簾をめくった男がいたから、ゆめゆめ油断はならないのだ。

楽屋にもどっても心は少しも落ち着かない。どこから潜り込んだのか、例のおかしな男が早くもあらわれてずんずんこちらに近づいてくる。

この男はもう書生ではない結構な年ごろで、スコッチの背広の胸ポケットに必ず赤い半巾《ハンカチ》を覗かせて、男のくせに香水の匂いをぷんぷんさせながら、

「いやあ、綾ちゃんは今宵も素敵だった。長年フェーバーしている僕も連れてきた仲間に対して鼻が高いよ」

と馴れ馴れしげな文句を聞かせるのだった。

フェーバーとは贔屓するという意味らしいが、近ごろはとかくこの手のわけのわからない西洋語を使って話すのが多いから、綾之助もお勝もチンプンカンプンで、最初のうちはいち

いち意味を問うたものの、今では好きにいわせておく。

「それで僕のラブレターはちゃんと届いてるんだろうか？　いつもこの男に渡すんだがね」

と顧《かえり》みられた近久はすました顔で、

「はいはい、根本様のお手紙は毎度しっかりお渡ししておりますよ。ただこう忙しくっちゃ、師匠も返事を書く暇がござんせんで。今夜も二軒バネでして。ここを早く出ませんと」

「ああ、今夜はたしか鈴本《すずもと》にも出るんだったね。上野だからまあ近いほうだが、綾ちゃんはしたくをせんといかんだろうしね。じゃあ僕はお先に行って待ってますよ」

根本が去るのを見送って、お勝と近久はほとほとうんざりした顔つきだ。

「ラブレターてなんだんねん？」

「英語で恋文という意味らしいんですがね。へへ、さっさと焚《た》きつけにして燃やしちまった。なあに、向こうが勝手にのぼせあがってるんだから、放っときゃいいんですよ」

「そうかて気味が悪いやないの」

と綾之助は口をはさまずにいられない。

「気障《きざ》な旦那で困ったもんだが、毎度大勢のお仲間を引き連れてお通いになってくださるし、楽屋見舞いはもとより、寄席のほうへも付け届けをなさるもんで、こっちもむげにはできねえ。人気稼業にはよくあることだと、おあきらめくださいましな」

「あんたも心づけをたっぷりもろてるさかい、むげにはでけまへんのやろ」

お勝がずっけりいうと、近久は口もとをにやっとさせて、愛敬のある眼をくりくりまわした。

「おお、そんなことよりも急いでくださいよ。いくら上野は近いといっても、ここを無事に出られるかどうかわかりませんからねえ」

近久の心配は当たった。楽屋口はすでに黒山の人だかりで外に出るのも困難である。

「どいた、どいた、どいたー」と車夫の善公が怒鳴り散らすが、それでむしろ出てくるとわかって、黒い人垣の輪はいっそう縮まってしまう。

毎度のことながら、綾之助はいささかの恐怖を覚えて善公の腕にしがみつく。善公も毎度のようにひょいと躰を抱いて座席に乗せ、すぐに梶棒を持ちあげると、躰が大きくのけぞって、前に転覆した嫌な想い出が一瞬胸をよぎった。

「もうちょっと静かにやってえな」

綾之助はこれまた毎度の文句だから、相手も聞く耳は持たない。「どいた、どいた、どいたーっ」と大声で叫んで俥を上下に揺すりながらぐるぐる回転させて周囲の人垣を崩しにかかり、乗っているほうはたまったもんではないが、それぐらいの無茶はしないとこの連中は撒《ま》けそうにないのだ。

「善さん、あかん、こっちは大津波や」

幌の骨の隙間から手を突っ込んで袖をつかんだ無法な輩がいるかと思えば、後ろから座席ごとつかみにかかる向こう見ずもいて、俥はぐらぐらと揺れ通しに揺れ、まるで船が嵐の中に突っ込んだ心地だ。

「お嬢、行くぜっ、しっかりつかまってなよー」との声で、綾之助は背もたれに深く身を沈めて肘掛けを両手でぎゅっと握りしめる。ガラガラガラーっと車輪の音が大きく響き渡ると、これまた毎度の「どうする、どうする、綾ちゃん、どうする」の大合唱が始まった。

善公は懸命に脚を動かして道を急ぐも「どうする、どうする、綾ちゃん、どうする」の合唱はどこまでも追っかけてくる。本郷から上野までは坂道だらけで、登り坂になれば俥の勢いも少しは弱まるかと思いきや、ますます速くなるのは後ろから押す連中がいるからだ。「どうする」の声はいつしか「わっしょい、わっしょい」に替わって、若い男たちは女神を乗せた神輿《みこし》を担ぐように俥の後押しをしている。下り坂になると綾之助はもう生きた心地もしなかった。

鈴本亭の楽屋を出てからも同じことの繰り返しで、若い男たちはなおもしつこくつきまとったが、広小路を抜ければこっちのもんだとばかりに善公は脚を加速させる。俥は御徒町《おかちまち》辺の真っ暗な路地裏を縫うように突っ走って追っ手をなんとか退けたが、自宅の前で降り立つと、その場で腰砕けになるほど綾之助はくたびれ果て、こうした日々がいつまで続くのかと思えば空恐ろしくなった。

綾之助母子は柳橋にほど近い平右衛門町、俗にいう浅草代地河岸の裏手にこぢんまりした自宅を構えている。翌《あく》る日、いつものように迎えに訪れた近久は綾之助のしたくを待つあいだ、小上がりの框《かまち》に腰かけて例のごとく新聞に目を通していた。

「ほう、なるほどねえ」とつぶやくのを聞いて、お勝がまた毎度ながらの合いの手を入れた。

「なんぞ面白《おもろ》い記事でも載ってますのんか？」

「ここをご覧なさいまし」

「これはなんと読みますねん。横にフリガナがあるけど、あてはもう小さい字は読めんさかい、あんさんが読んどォくりやす」

「お堂の堂に、摺りものの摺ると書いて『堂摺連《どうするれん》』、へへへ、連中のことですよ」

「ドウスル連……はあ、昨夜《ゆうべ》もあらわれた、あのうるさい連中のことかいな」

「左様、どうしようもねえ連中ですよ」

「ほんまに昨夜《ゆうべ》かて、うちの娘は死にそうな目に遭うたいうて、さっきまで寝込んでましたがな。一体ドウスル連をどうするねんて、寄席に文句をいうてやりたいわ」

「アハハ、たしかに、たしかに。うちの師匠ばかりじゃねえ。売れっ子の女義さんが軒並み迷惑をこうむっておりますようで」

「うちの子のほかに、そんな売れっ子がいてますのかいな」

と、お勝は不服そうにいった。

「小住師匠んとこの住之助、名古屋から返り咲きした小土佐、越路太夫門下の越子《こしこ》、ほかにもぞろぞろいて、今や女義太夫ならぬ娘義太夫が花盛りだが、中でもひときわ立派に咲いた大輪の花が綾之助師匠であることは間違いねえ。師匠のワリはどこの寄席でも別格、というより破格ですからねえ」

　近久は若干おもねるようないい方をしながら、くりっとした目を素早くあたりにまわしている。玄関は狭くて薄暗いから、雨漏りの染みや柱の節目は目立たないが、それでも今や東京一の人気者にしてはあまりにも貧相なわび住まいだと見たらしい。

「こんだ、もうちっと陽当たりのいい場所に引っ越しをなすってはいかがで？」

　とお勝の顔色を窺った。

「東京に出てきてからしょっちゅう引っ越して、この家で何軒目になりますやろ。大阪の家も引き払うたことやし、あてらもいい加減ここらで落ち着きたい思いますのやけどなあ」

「おお、そんならもう、しけた借家住まいなどなさらずに、この際だからいっそ新築をなさいましな。今なら借金はし放題、渋沢様や川田様、藤田の旦那のようなご贔屓もご祝儀をうんとはずんでくださいましょうから、すぐにでも立派な御殿が建ちますよ」

「今へたに借金なんかしたら、廓《くるわ》のお女郎さんと一緒で、あの子が好きなときに足が洗えんようになります。そんなことにはさせとうもない」

　と、お勝は妙に力んでいった。

「借金なんかせんでも、並の家なら何軒でも建つくらいの用意はちゃんとありますけどなあ、婿さんも迎えんうちから、女子《おなご》が家なんか建ててええもんかどうか。家付き娘はあっても、家建て娘てな話になったら、婿になるほうの気持ちはどないなもんやろと思て……」

　破格の出演料に加え、お歴々のお座敷に召ばれてご祝儀もたっぷり頂戴しているから、綾之助の収入はすでに並の男とは桁違いだが、お勝は財布の紐をゆるめず、実に慎ましやかな暮らしを続けている。それもこれもいまだに堅気の風が残って、堅気にこだわるせいだろう。

「ハハハ、まあ婿さんの取り越し苦労をしても始まらんが、たしかに今へたに立派な家でも建てたら、たちまち『追駈連《おつかけれん》』に嗅《か》ぎつけられて、とんだ大騒動にもなりかねませんがねえ」

「オッカケ連て、なんだんねん？」

「昨夜も本郷の若竹から上野の鈴本まで追っかけまわした連中がいたじゃありませんか。あいう手合いを、ほら、この新聞は『堂摺連』の中の『追駈連』と名づけたようですよ」

「そのまんまやおまへんか。ほんま芸のない新聞や」

このときお勝は一連の騒動の不快さを新聞に当たった。しかしながら新聞を目の敵《かたき》にし始めたのはそれから半年後の初夏である。


「これはどういうこっちゃっ」

と火を噴くような怒りの声に、その場にいるだれもが唖然として振り返ったものだ。

出番を待つ綾之助もお勝の剣幕には驚いたが、これから語る浄瑠璃の復唱に集中して取り合わずにいた。今日の相三味線はお勝ではなく、お勝はいわば付き人として来ているだけなのだから、狭い楽屋で立ち騒いで周囲に迷惑をかけられてはたまらないという思いもある。

横では竹本東玉が何喰わぬ顔で調弦をしているが、ふいにこちらを見て、あまり気にするなとでもいうふうに、ぱっちりした眼で笑いかけてくれる。もう相当な年齢のはずなのに、その笑顔はいまだに愛らしく見えて、何もかもお勝とは大違いだと思われた。

東玉は維新後もっとも早くに大阪から上京して大人気を博した女義界の大立者であった。いまだに芸の上では第一人者といわれ、芸歴には格段の開きがありながら、今は破格の人気を得た綾之助の相三味線を快く務めてくれている。むろんお勝とは比べものにならない立派な伴奏だから、綾之助も安心して語れるし、おさらいも念入りにしてくれるので、ここ半年ばかりで自分はずいぶん上達したような気もするくらいだ。

とにかく高座にあがれば東玉とふたりきりで、浄瑠璃にだけ打ち込めるのに、ここではお勝が近久を相手にまだ騒いでいるから、どうしてもそれが耳に入って気持ちがかき乱されてしまう。

ほんまにお母ちゃんはしょがない人や、と、ぼやきたくなった。

「こんなアホなことがあってたまるかいな。この『やまと新聞』ちゅうのは一体なんだんねん。前にも清右衛門とあてが夫婦やなんて書かれてえらい迷惑したけど、こんどはそれとは比べもんにならん、ひどい話だす。あてはこれから向こうに行って、ひと言いうて来ます」

と立ちあがりかけたお勝を抑えて近久は必死になだめている。

「まあ、ちっとは落ち着いてくださいよ。火のないところに煙は立たずで、向こうだって、何もなしに作り話はひねりだせんでしょうからねえ。うちの師匠に入れあげて、金を注ぎ込み過ぎた男がたしかにいたんでしょうよ。ほら、前にも若い巡査がうちの師匠のオッカケをするもんで、免職になったと書き立てられたのと一緒ですよ」

「どだいオッカケをされるほうは迷惑なだけやのに、させるほうが悪いみたいに書かれるのは納得がでけまへん。それに、この書き方はいくらなんでもあんまりやないか」

「なにしろ『やまと』は円朝師匠のおかげで売上げを伸ばした新聞だからかもしれませんが、とかく女義に風当たりが強うござんす。ほかにも何かと悪い記事を書き立てておりますよ。今や書生のドウスル連が世間で顰蹙《ひんしゅく》を買うのもたしかだから、一番人気の綾之助師匠をこうして叩けば、また新聞が売れるという寸法だ。向こうはあることないこと書き立てて売るのが商売だとあきらめて、こっちはあまり取り合わないほうがようござんす」

「向こうも商売なら、こっちも商売やおまへんか。こら、あきらかにこっちの商売の邪魔をする気や」

お勝は激昂して丸い肩を護謨毬《ゴムまり》のようにはずませていた。

どういう記事を読んでそれほど怒っているのか、さすがに訊いてみたくなったが、綾之助は出番を終えるまではと我慢した。

出番を終えて楽屋にもどってくるとお勝はもういなかった。なんとしても「やまと新聞」とかけ合うと息巻いて、さっそく近所の代言人《だいげんにん》のもとへ走ったらしい。

綾之助のほうは近久から記事の次第を聞いて最初はぽかんとし、それからだんだんお勝の火が燃え移ったように顔面が熱くなった。

その記事は山田某という麴町辺に住む書生について書かれていた。山田はもともと学問ひと筋の真面目でおとなしい書生だったが、今年の正月、悪友に誘われて小川亭に綾之助を聞きに行ったところ、たちまち悩殺され、美声が耳について離れなくなり、以来、山手であろうが、本所であろうが、綾之助の看板がかかる寄席には必ず人力車で駆けつけるありさまになった。

そこまでは何も驚くに値しないが、記事はさらに思いも寄らぬ話に転がっている。

山田は楽屋でいつしか綾之助と親しい口をきくようになり、「チトお遊びにいらっしゃい」と声をかけられて自宅にも訪れた。たびたび訪れるうちにいつしか深い恋仲となり、ようやく一夜の逢瀬に漕ぎつけたものの、それによって五十円もの大金を巻きあげられたので、両親は憤《いきどお》って親族協議の上で息子の懲治監《ちょうじかん》入りを願い出たというのである。

「そんな……まるで身に覚えのないことを、なんで書かれなあかんの」

なじる声もふるえがちで、綾之助は目を潤ませていた。近久はその顔を見ながら気を落ち着かせるように淡々と話している。

「いえね、近ごろは娘義太夫があんまり流行るおかげで、ドウスル連やオッカケ連がえらく増えまして、それに眉をひそめる方々も大勢いらっしゃる。前途有為の書生さんが、学問そっちのけで女の尻を追っかけまわすとは何事だっ、とお怒りになるのも、まあごもっとも。いっぽうで娘義太夫の看板をかければ客が入るんで、寄席のほうは芸の良し悪しに構わず高座にあげて、中にはたちが悪い娘《こ》も混じっておりますようで」

近久はちょっと間を置き、周囲に素早く目を走らせて小声になる。

「なにしろ相手は今でこそしがない書生さんだが、いずれは法学士様やお医者様にもなろうし、末は博士か大臣か、立身出世のあかつきには閣下と呼ばれるのも夢じゃねえ方々だ。そういう方々とお付き合いをしておれば、あわよくば玉の輿というんで、娘のほうも芸はそっちのけで、へへ、書生としょっちゅう出合茶屋にしけ込んだりするのが結構いるらしいんですよ」

「そんなこと、うちはしてません」

綾之助は眦《まなじり》を決して文句をいう。全身にふるえが来るほど腹が立った。

「ハハハ、そりゃだれもがようく存じております」

近久は軽くいなすように笑い声を聞かせながらも、表情は硬い。

「ただ、なにせ綾之助師匠は娘義太夫流行りの、いわば火付け役だ。ドウスル連やオッカケ連を世間が苦々しく思うのを新聞は知って、師匠を血祭りにあげるつもりで、あることないこと書きたがるんですよ」

「あることないことどころか、まったくあらへんこっちゃっ」

と綾之助は甲走った声で叫んだ。すると横で東玉がぼそっとつぶやくではないか。

「まったくあらへんちゅうのも、淋しいこっちゃなあ」

思わず振り返ると、ぱっちりした眼でまたやさしく笑いかけてくれた。品のいい笑顔を見せられて、綾之助は少し気を落ち着かせている。

「さっきからずっとここで聞いてましたんやけどなあ」

浄瑠璃を語るときとは別人のようなおっとりした声を出しながら、やおら東玉は膝をまわした。

「ちょっと、いわせてもろてもええやろか」

「へえ……なんでも仰言ってくださりませ」

綾之助はびくっとした。斯道《しどう》の大先輩が果たして自分に何をいうのだろうか。

「綾ちゃんはほんまに芸熱心で、わたしはいつも感心してます。その新聞の記事はでたらめや。綾ちゃんがそんなことをするはずもないのは、どこに出て行っても、ちゃんとわたしがいうてあげます」

「へえ、おおけに。お師匠さんにそういうてもらえたら、ほんまに助かります」

綾之助はまさに地獄に仏の気持ちで声がはずんだ。

「そやけどなあ、綾ちゃんには、そういうことも、ちょっとはあったほうがええのとちがうか」

「へっ？　そういうこと……」

「ホホホ、まだ、そんなあどけない顔して訊かれても困るけど、綾ちゃんは、もう十六になりますのやろ？」

「へ、へえ、まあ……」

本当は今年で十八になったのだとはいえなかった。

「十六いうたら、今さっき語った『十種香』の八重垣姫と同い年や。綾ちゃんは八重垣姫にぴったりの、きれいな声が出てました。詞《ことば》もきちんと憶えて、フシまわしもたしかやった。そやけど、わたしの耳にはちょっと物足りんように聞こえた。それはなんでか、わかりますか？」

東玉がいきなり芸の批評を始めたから綾之助はとまどった。『十種香』は手馴れた曲で評判もいいはずだし、相手が急に何をいいだすのかまるで見当もつかない。

「あの曲は知っての通り、恋するお姫様のお話や。深窓のお姫様が美しい殿御を目の前にして、羞《は》ずかしいと思いながら、いい寄る気持ちが出んとあきません。『殿御に惚れたということが、嘘偽りにいわりょうか』というフシで、声をあんなに張ったら、お姫様が恋をするどころか、ホホホ、まるで喧嘩腰になってるみたいに聞こえますがな」

綾之助はおのずとうなだれてしまった。ドウスル連に負けまいとして声を張るようになったのはたしかだし、それが喧嘩腰に聞こえるといわれたら一言もなかった。

「綾ちゃんはただのうわついた人気者やない。ほんまに声がきれいやし、音遣《おんづか》いもできてるし、詞《ことば》もきちんと聞かせられる。その歳でそれだけ語れたら立派なもんや。男なら末は越路太夫のような名人ともいわれるくらい、素質《すじ》がええ。けど、ひとつ欠けてるもんがあるとしたら、それは色気や。あんたはまだ恋をしたことがないのとちがうか」

ずばりと痛いところを突いて、東玉は品のいい顔に満面の笑みを浮かべている。

「年ごろの女義が、恋するお姫様の気持ちを語れんようでは困りますがな。そやさかい、自分でも恋のひとつやふたつしたほうがよろしい。ホホホ、せっかく可愛らしい女子に生まれて、まったくその気《け》がないちゅうのも淋しいもんでっせ」

綾之助は頰を赤らめてその言葉を聞いていた。自宅にもどってからも耳につきまとって離れず、まぶたを閉じれば東玉の年を取っても実に愛らしい笑顔が浮かんだ。


自宅のそばは大川と神田川が流れているから、戸を開け放っておくと、蒸し暑い初夏でもわりあいしのぎやすくなる。この日はめずらしく昼席だけで躰があいたから、お呼ばれも何もかも謝絶し、久々に母子ふたり水入らずでゆっくり過ごそうという話になって、はやばやと引き揚げて来たのに、肝腎のお勝がまだもどらなかった。

例の一件以来、あの手の記事が増えはじめ、お勝はしばしば抗議に行ったり、ほうぼうのご贔屓へ弁解にまわったりしている様子だ。今日もまた自分が知らないあいだに悪い記事でも見つけて、新聞社に乗り込んで行ったのかもしれない。

晩ご飯はどうせ近所の店屋物《てんやもん》を取ることになるとしても、お勝がもどってこないとそれもままならない。裏庭の縁側に腰かけて、生け垣の向こうに酸漿《ほおずき》のような夕陽がゆっくりと落ちてゆくのをぼんやり眺めていると、先月語った「十種香」の文句がふと想いだされた。

年ごろの娘なのだから恋のひとつやふたつしたほうがいいといわれても、それは一体いつ、どこで、できるというのだろうか。自分は年がら年中寄席を飛びまわって、たまに暇があっても浄瑠璃の稽古だけで終わってしまう。

楽屋には毎日のように付け文が届いた。下足番や、お茶の売り子や、車夫の善公や、近久から、書生たちの書いた手紙を日に何通も渡されるが、そこに書いてある文句は大方チンプンカンプンで、心を動かされるようなことはまずなかった。

昼席だと書生たちの姿もよく見えた。制服は洋服でも、寄席にはたいがい着物で来て、着流し姿もめずらしくはないが、やはり袴をはく者が断然多い。

冬場は羽織も着ていて、おかしいのはなぜか前に結んだ紐を太く、異様なまでに長くして、結んだまま首にひっかけたりしている。

興に乗るとその羽織の紐を解いて、人の迷惑を顧みずにビュンビュン振りまわす輩もいれば、よく持ち歩いている洋杖《ステツキ》で一斉に床をドンドン突いたりするから堪らない。ああした子どもっぽくて野蛮な連中のだれかと恋ができるというふうにはとても思えなかった。

もっとも中にはまともな書生たちがいて、ほかの娘《こ》たちはそうした書生と楽屋で親しく話をしたり、終演《ばれ》たあと近所の小料理屋か居酒屋で酒食を共にしたりするのも知ってはいるけれど、綾之助はあまりにも人目に立つから、うかつには同席はできなかった。

思えば何もしなくても、新聞沙汰になるのである。

「殿オ御オにー惚れエたアとオ、いうこオとオがー」

われ知らず口ずさんだら、突然ガサッという物音がした。

「お母ちゃん、帰って来たん？」

声をかけたが、返事はない。玄関のほうから聞こえた物音でもなかったような気がして、綾之助は急に恐ろしくなった。

「近久さん？　だれか来てはるの？」

こわごわあたりを見まわすと、縁側の端にある雨戸の戸袋の裏側から何やらちらっと白い袖のようなものが覗いている。

「そこにいるのは、だれやっ」

素早く白い袖が引っ込んだのを見て、

「ドロボーッ」

持ち前の大声が飛びだした。とたんに人影も飛びだしてくる。

見れば絣《かすり》の着物によれよれの袴をはいた小柄な男が呆然と突っ立っている。

「怪しい者ではないっ」

と叫ぶが、勝手に人の家に侵入して怪しむなというほうが無理だろう。

「ぼ、僕は小田長之助《ちょうのすけ》。実家は山之宿《やまのしゅく》の米屋。き、去年の春から早稲田の東京専門学校に通う者だ」

相手も声がふるえている。それを聞いて綾之助は逆に少し心が落ち着いた。

どうやらオッカケ連に自宅を突き止められたのだろうが、幸い相手はひとりのようだ。

「早稲田の書生さんが、うちに一体、なんのご用？」

ゆっくりといいながら顔を見る。細面のわりあいおとなしい風貌で、ふだんこんな無茶な真似はしそうにない男だ。きっと魔が差したのだとしか思えず、綾之助はもう一度、こんどはややきつい調子でいう。

「なんのご用？」

男はわなわなとふるえる手で懐中から細長く折りたたんだ紙を取りだしている。楽屋に届けられる付け文の類と思しいが、その紙で顔を隠すようにして、声高に読みだした。

「嗚呼《ああ》、綾之助君。君は女神《ミューズ》の声で僕の心を虜にした。君の眸《ひとみ》は星と輝き、顔《かんばせ》は花と咲き、夜ごと日ごとに僕の心を苦しめる。ああ、僕は君に恋《ラブ》している。ああ、どうか僕の恋人《ラバー》に成り給え」

綾之助はぽかんとしていた。理解できない言葉も多いのだが、どうやら勝手に思いつめているらしい男心そのものを理解に苦しんだ。

男は紙を閉じても、まだふるえながらそれを差しだそうとしている。顔はまっすぐ前に向けているが、眼は宙を泳いで、ちっともこちらを見ずに何かあらぬものを見ているようではないか。その尋常ではない目つきに綾之助は恐怖を感じた。縁側伝いに腰を這わせてじりじり後ずさりすると、相手もつられたようにじりじりと近づいてくる。

「こっちへ来《こ》んといてっ」

と叫んだところでもう遅い。相手は息づかいも荒々しく、いきなり肩をつかんで押し倒そうとする。小柄な男でも力は侮れず、縁側に押さえつけられて身動きができない。綾之助は目の前がくらくらしながらキャアーッと悲鳴をあげる。ちょうど折しも玄関の格子戸がガラリと音を立てた。

「何してんのやーッ」

大音声《だいおんじょう》と共にあらわれたお勝は男の背中を棕櫚箒《しゅろぼうき》でバシッバシッと滅多無性に打ち据える。男は急に我に返ったようで、また呆然と突っ立って頭を抱えた。

「ぼ、僕は君に一体なんてことを……」

顔を覆っておいおいと泣きだした男をお勝は白けた目で見ているが、綾之助は改めて恐怖が大きくふくらんで思わず母親の胸にすがって泣きじゃくった。

お勝はこちらの背中をぽんぽん叩きながら、吐き捨てるようにいった。

「ほんまにドウスル連を、どうするねん」

今や恋するどころの騒ぎではない、綾之助は男というものが恐ろしくてたまらなくなった。

五厘騒動

自分がどんなに恐ろしい目に遭ったのか、男には所詮わからないのだろうか。

近久は最初かたちだけ怒ってみせたが、今はもうにやにやしている。

「で、その助平野郎は師匠の前で手紙を読みあげたんですね。へへ、そいつになんて書いてあったんで？」

と訊かれても、書生の手紙は例によってチンプンカンプンで、いくら耳憶えがいいほうの綾之助とて捉えられた言葉のほうが少ない。

「フン、いつものようになんやわけのわからん文句ばっかしや……たしか星と輝き、花と咲き……とか聞いた気がするけど……ああ、もう、そんなこと想いださせんといてっ」

気色悪そうに頭を振ると、

「星と輝き花と咲き……へえ、なかなかいい文句じゃござんせんか。いかにも師匠らしいや」

近久が妙に真顔でじいっとこちらを見るから余計に気味が悪くなる。

「どこがええのやっ。アホなこといわんといてっ」

贔屓の男たちは自分に皆あんな真似をしたいのだろうかと思えば、「待ってました、綾ちゃん」というかけ声だけでもびくっとする。浄瑠璃を語っても、また東玉にいわれた喧嘩腰になる。楽屋にもどっても、男の客があらわれたらどきっとした。

「やまと新聞」の記者といい、ドウスル連といい、男たちはどうして自分をひどい目に遭わせるのだろうか。近久も男のひとりだと思うと怖くなってしまう。

「いやいや、笑いごっちゃねえ。師匠のお腹立ちはごもっとも、ご心配なさるのも当然だ」

と相手は急に真面目な口調になった。

「先だっても妙な薬をぶっかけられて火傷《やけど》を負った娘義太夫がいたそうだから、あっしも心配でなりませんよ」

「薬で火傷て……それは、どういうこと?」

「へえ、硫酸とかいう、薬種屋《やくしゅや》でもめったに売らねえ劇薬だそうでして。竹本燕勝《えんかつ》という、師匠がご存じねえような駆け出しの娘っこを贔屓する男どもがいて、その中のひとりと燕勝ができちまったから、ほかの連中が妬《や》きもちをやいて、蕎麦屋で酒を一緒に呑みながらその薬をぶっかけたらしいんですよ。当座は熱燗《あつかん》でもひっかけられたように思ったが、家に帰って帯を解いたら、着物と襦袢がぼろぼろ切れるし、裸になると腰のあたりが赤く爛《ただ》れてるんで、びっくりしたそうで」

当人にしてみれば、びっくりするどころの騒ぎではなかっただろう。とても他人事とは思えなかった。自らの事件と相俟《あいま》って、身勝手な男の暴力にぐっと憤りが込みあげてくる。

「これからは住まいを大きくして、だれか用心棒でも住まわせたほうがいいかもしれませんねえ。いっそあっしが……」

といいさして、近久は眼を少し細めながらまぶしそうにこちらを見た。

「いや、止《よ》しやしょう。それこそ新聞に何を書かれるかわかりゃしねえ」

そういわれると、近久には妻子がいないらしいことが、今さらに気になってしまった。いつも近所にいて、何かあるとすぐに駆けつけてくれるし、なんでも親切に引き受けてくれるが、自らの身の上はほとんど打ち明けてくれない。こちらがまた訊きもしないのはちょっとまずいのではなかろうか……。

「まあ、用心棒を置くにしても、そいつが変な野郎じゃ困るから、郷里にご兄弟か近しいご親戚がおいでになれば、その方をこちらにお招きして、一緒に住んでもらうという手がございますがねえ」

綾之助は実家に兄弟がいた。しかしそのことは自分の口からいいだしかねた。

お勝はすでに向こうの家の始末を実家に任せており、手紙のやりとりは今でもよくしているが、綾之助自身は幼いころに離れて久しい実家を顧みる余裕はこれまでまったくなかったといってよい。

「その話は、お母ちゃんと相談してみて」

とお勝のほうを見やるが、お勝はまだ来客と話をしていた。

楽屋は日々人の出入りが激しく、お勝は綾之助に代わって応対をし、今日は久々に訪れた竹本小住と先ほどから何やら熱心に話し込んでいる。その場から追い払われた近久は、そちらの様子もちらちらと気にしていたが、小住がようやく引き揚げたのを見て、さっそくお勝にたずねたものだ。

「おふたりで何か内緒話がございましたか？」

「別に内緒話というわけやあらへんけど、小住さんはえらい腹を立ててはってなあ。また五厘にしてやられたいうて」

「ああ、それであっしが人払いをされたってわけだ。小住師匠から見れば、あっしは綾之助師匠付きの五厘ってとこでしょうからねえ」

「小住さんにいわせると、五厘が寄席との間に入って甘い汁を吸うさかい、芸人が苦労するのやて。あてらと寄席のやりとりは、皆あんた任せやけどなあ」

お勝はあきらかに皮肉な調子だが、近久は頓着しないふうに平然という。

「で、ご用件はなんだったんで？」

「女義で慈善会をしよちゅう話やった」

「うちの師匠を誘いにあらわれたってわけですかい」

「先だって岐阜のあたりで起きた大震災の義捐金《ぎえんきん》を募るそうや。あのあたりでは巡業で世話になってる女義が多いからて」

「そういうと、ついこないだも円朝師匠と松林伯円《しょうりんはくえん》師匠の肝いりで、噺家や講談師が大勢寄って、貧民救済とかなんとか謳った慈善会を、蠣殻町《かきがらちょう》の友楽館でやりましたっけねえ。近ごろは慈善会が大流行りのようだが……なるほど、こりゃいよいよ女義界は大嵐に巻き込まれる雲行きかもしれん」

近久がやおら腕組みをすると、お勝は斜眼をじろりと光らせた。

「大嵐て、一体どういうこっちゃ？ 詳しう聞かせてもらおやないか」

かくしてこの夜は久々に三人で柳橋の小料理屋に身を置いた。

元来酒好きの母子はこの店をよく使い、亭主と懇意にして、よそへ知らさないようにしている。二階は六畳ひと間の座敷しかないから、話が洩れる気づかいもなかった。

銚子が運ばれてくるとすぐに手酌でくいっ、くいっ、とやりだした綾之助を見て、近久は苦笑いした。

「相変わらずいい呑みっぷりですなあ。こりゃ男は勝ち目がねえや」

女義のご贔屓は下心のないほうが稀なくらいだが、綾之助だけは酔わせてなんとかしようとしても無理だった。

自身はご贔屓にお呼ばれをして窮屈な思いをしながら呑むよりも、手酌で好きにやるほうが断然いいけれど、売れっ子の芸人はそれもなかなかできない不自由さがある。

もっとも芸人は売れてなんぼの商売で、それに文句をいうと罰が当たるだろう。

「ところで師匠の収入《みいり》は、今いかほどですね？」

という近久の事改めた問いかけに、お勝は鼻白んだ顔をした。

「そんなことは、あんたが一番ようご存じのはずやないか」

「へへへ、そりゃまあ、そうですなあ。師匠は女義の中でも別格の扱いで、客ひとりに付き一銭五厘、客が百人入れば一円五十銭だから、少なく見積もっても日に四、五円はお稼ぎになる勘定だ。月にして百五十円はくだらないといったとこでしょう」

「ああ、そこからあんたがしっかり三十円を持っていかはるけどなあ」

お勝がいくら皮肉をいおうと今さら怯《ひる》む相手ではなかったが、綾之助は一瞬むっとした顔になり、それをごまかすように手酌を重ねた。

自身は忙しい思いをするばかりで、そんな大金を目にした覚えすらなかった。ただ何か食べたいといったり、着たいといいさえすれば、それがすぐ目の前に運ばれてくる暮らしには十分満足しなければならないのかもしれない。

「三十円はおろか、月に三円も稼げねえ芸人がぞろぞろいるのをご存じですかい？」

「それでは食べていかれへんがな」

「左様。喰えねえから寄席に借金をして、やむなく寄席のいいなりになる芸人がごまんとおりますよ。寄席に借金ができるのはまだましなほうで、大概はそれもできなくて五厘を頼るしかない。五厘を通じて高利貸しから借金をしたらもうおしまいだ。客入りが薄い辺鄙《へんぴ》な寄席の穴埋めに絶えずまわされて、乏しい稼ぎの中から高い利息を細々と返しつつ、死ぬまで喰うや喰わずのどん底暮らしが待っております」

「そら、ほんまに生き地獄やけど、芸人は売れんかったらしょがないわなあ」

と、お勝は存外けろっという。板子一枚下が地獄の漁師と同様、好きな芸で暮らしを立てるなら、それなりの覚悟は当たり前だといわんばかりの口調だ。

「売れる売れないは時の運でも、売れないときに大船を降ろされると、浮かびあがる機会が持てずに一巻の終わりですからねえ。それで芸人は睦連《むつみれん》の大手の寄席や五厘の機嫌を損ねないよう、だんだんいうなりの演題を披露して媚びへつらう。こんなことでは寄席の芸そのものが駄目になるとみて、先ごろ円朝師匠は何かと画策なすったようだが、結局は頓挫したから、この春に今後いっさい東京市中の寄席には出ないと仰言って、えらい騒ぎになりました。さあ、それがこんだ講談にも飛び火した」

近久はここでわざと間を取るように手酌をした。噺家なら湯呑みに口をつけるといったところだろうか。

「寄席は落語や義太夫節をかける色物席と、講談席とに分かれてるのはご存じでしょうが、色物席に宮松亭を筆頭とした睦連があるのと同様、講談席にも上野の本牧《ほんもく》亭を筆頭に睦連があって、その締めつけがきついから、かの松林伯円先生はついに反旗をひるがえしたっ」

パーンと釈台を打ち鳴らしそうな勢いで近久はさらに話を続けた。

松林伯円は「鼠小僧」や「天保六花撰《てんぽうろっかせん》」の講談を創作した人物で、「牡丹灯籠」や「塩原多助」を創作した三遊亭円朝と並んで、当代で最も知られた寄席の芸人であることはいうまでもない。

「松林伯円先生は睦連のやり方にもの申すというところから、新聞では正論派と名づけられた。これに対して神田伯山先生らは睦派と呼ばれ、両者真っ向から張り合うかっこうでそれぞれの寄席に陣取った。当初は伯円先生率いる正論派が甚《はなは》だ優勢だったが、寄席の数は睦連のほうがまさるし、片や芸人の数は正論派のほうが多いもんで、今では睦派の芸人がほうぼうの寄席から引っ張りだこのありさまなのにひき比べ、正論派の芸人は出番に苦労する始末だと聞いておりますよ」

「いくら正論をいい立てたところで、結局は睦派の勝ちやといいたいのか」

お勝は変に冷めた調子である。近久はその通りというふうに盃をいっきに呷《あお》った。

「寄席の数は芸人の数からしたら知れております。長い目で見たら、どうしたって芸人に勝ち目はありませんよ」

要するに寄席は芸人に不足することはまずないし、出る寄席を限られた芸人のほうが苦労するのは目に見えているのだから、芸人は寄席と争わないに越したことはないというわけだろう。

「そりゃ円朝や伯円のような大名人なら、日本全土津々浦々からお呼びがかかってお困りはないだろうが、へたに巻き込まれた者はとんだ憂き目をみてますよ。それがこんだ、こっちまで飛び火をしたんじゃたまりませんや」

「こっちに飛び火とは、どういうこっちゃ？」

「さっきの小住師匠の話ですよ」

「震災の義捐金を募るとかいう、慈善会の話かいな？」

「左様。こないだ友楽館でやった慈善会には、たしか義太夫節のほうからも播磨《はりま》太夫と小住師匠が出られました。そこでどうやら変に焚《た》きつけられたんじゃねえかと思うんですよ。あれ以来、播磨太夫が睦連と事を構えそうだという、きな臭い噂が流れておりますしねえ。ただ、こういっちゃなんだが、播磨太夫よりも、その弟子の小土佐のほうが人気はあるし、今やかつての越路太夫より女義連のほうが客の入りを凌《しの》ぐといわれるくらいですからねえ。へへ、反旗を揚げるにしても、播磨太夫よりか小住師匠のほうが旗頭にふさわしいかもしれません」

「つまり小住さんは、睦連に反旗をひるがえすつもりで、あてらを誘いに来はったというんか……」

「慈善会を唱えれば、五厘を通さないでも大一座が組めると踏んだ。それをきっかけに、ほかの女義とも語らって、睦連と袂《たもと》を分かつ魂胆かもしれませんせん」

「あの小住さんがなあ……」

お勝は銚子を傾けて、逆さに振っても出ないから、手を叩いてお替わりを注文している。

小住のしゃきしゃきしてあけっぴろげな物言いと、江戸前の粋なふぜいが綾之助は好もしかった。例の手見せで宮松亭の片山に嗤われたときも、親切に声をかけてくれたので、以来、侠気《おとこぎ》のある先輩として頼もしく感じていた。

「小住師匠はなかなかのやり手ですしねえ。なにしろあの牛込《うしごめ》にある藁店《わらだな》亭を買い取って、出方《でかた》と席亭を兼ねるようになっちまったんだから男顔負けで、ハハハ、まさに恐れ入谷の鬼子母神ですよ」

「ああ、小住さんが買い取ってから、あそこは見ちがえるようにきれいになって、中売りのお茶やお菓子も立派になったという評判や。今は客の入りかて上々やそうやないか」

「藁店亭はなにしろ早稲田に近いから、専門学校の書生が通い詰めるんでしょうよ。へへ、弟子の住之助を見たさにね」

早稲田の書生と聞けば、たちまち嫌な想い出が蘇る。

次いで綾之助は人形のような美少女の顔をまぶたに浮かべた。

住之助とはあれ以来、一座する機会に恵まれず、ただ噂に聞くばかりである。今や自分と人気を二分するとまでいう評判で、一座してみたいと思う反面、競って比べられるのが怖いような気持ちもあった。

「まあ小住さんは席亭でもあり、弟子の人気もあって、今は相当強気のはずだから、睦連に反旗をひるがえす気になったとしてもおかしくねえ。とにかく、こっちはへたに関わらないこってすよ」

近久は真面目な顔でふたりを交互に見た。

「三遊亭円朝、松林伯円、大きな山がふたつも動いたから、落語と講談は大揺れだが、女義のほうは、うちの師匠が動かなければ、そうたいした騒ぎにはなりますまい。ここはじっとおとなしくしてるほうが勝ちですぜ」

お勝はめずらしく黙り込んでいた。

綾之助は何かいってやりたいが、何をどういえばいいのかもわからなかった。円朝や伯円と並べられるのは土台おかしな話で、自分ではまだ何ひとつ判断ができず、ただ浄瑠璃に書かれた文句をそのまま語ることしか能がない世間知らずの小娘だということを、痛切に思い知らされた気分だ。むずむずする唇を押さえつけるようにひたすら盃を重ねるしかない。

「ハハハ、さすがに師匠は大物だ。呑みっぷりがちがいますねえ」

近久のお世辞がこの夜ほどしらじらしく聞こえたことはなかった。

同じ柳橋でも橋の袂にある亀清楼《かめせいろう》は江戸の昔から名だたる料亭だが、近年また豪壮な建て替えで面目を一新し、二階には立派な広間がいくつかあって、そのひとつが今日はただならぬ華やぎを見せていた。

初秋の川風がかすめるのはいずれもきれいな女義たちの装いで、総勢三十人余りにも及ぶ宴会は甘い脂粉の香りと嬌声をあたりに撒き散らして男たちを圧倒する。床の間の前に横並びで座った男たちは宮松亭の片山を真ん中に睦連の元締め五人で、年に一度はこうした宴会に招かれた。

女義たちはふたり向き合うかっこうで四列にずらっと縦に居流れ、床の間に近いほうからおのずと席次が定まり、お勝が遠慮なく上座に腰をおろしたから、綾之助はいささか窮屈な思いをさせられていた。

上座は東玉や鶴蝶といった元老株に、小住や素行《そこう》といったやり手の女義連で占められて、ここに姿を見せない京枝はまた地方を巡業しているのだろう。

同年輩の娘義太夫連は下座のほうにかたまっているから、綾之助はそちらに移りたい気持ちでいっぱいだが、何事にも別格を主張するお勝がそうはさせてくれなかった。周囲がそれぞれの想い出話に花を咲かせるなかで、語れるほどの過去を持たない小娘はただ黙々と箸を使うしかない。

いずれも地声が大きい女たちだから、ふつうのおしゃべりでも姦《かしま》しさは半端でないし、突如ワッハッハッハッハとひときわ大きな笑い声で驚かせてくれるのは、中ほどの席に座った相撲取りのような巨躰の、錦《にしき》という女義だ。錦は小柄な東玉の倍ほどはありそうで、見れば躰つきもさまざまだが、着るものもそれぞれで、粋な縞のお召しに黒の絽羽織を重ねた小住もいれば、くたびれた銘仙にほつれの目立つ帯を締めた綱清《つなきよ》もいて、年輩にかかわらず、羽振りの良し悪しが身なりにもはっきりとあらわれている。

髪を唐人髷《とうじんまげ》に結った綾之助は手描き友禅の振り袖に紫の繻子袴《しゅすばかま》を穿いているが、これはお勝の好みに従ったまでで、小住のすっきりした江戸前の衣裳がとてもうらやましい。同じ袴姿でも、小土佐はまるで女学生のような地味で質実な装いに見え、自分もそのほうが似合うような気がした。

宴もたけなわとなれば皆が銚子を持ってあちこちに動きはじめ、お勝は床の間のほうに進んで新柳亭の立花とすっかり話し込んでいる。綾之助はあたりを見まわしながらそっと立ちあがって、速やかに下座へ足を向けた。

「ヒャア、綾さんがお越しになった」

と騒いでくれるのは顔も躰もぽっちゃりとした三味線弾きで、ほかも同年輩どころかむしろ年上のほうが多いように思われるのに、恐れ入ったふうにうなだれる者がいるかと思えば、まるで崇《あが》めるような目つきで見る者もいた。

まだ幼い越子《こしこ》は黙ってこちらを見あげてにこにこしている。

「綾姉さん、お久しぶりです」

住之助はさすがに堂々とした挨拶をしてくれた。初対面から早や三年、抜けるような色の白さと漆黒の眸は変わらなかったが、端整な細面はますます大人びて美貌に磨きがかかっている。この相手を見れば、綾之助は自身がむっちりとしてまだいかにも子どもっぽい顔立ちをしているような気がした。

「住ちゃんとはゆっくり話がしてみたいのに、お互いなかなか会えんもんやなあ」

「それは綾姉さんが、お断りになったからじゃなくて」

と相手はやや非難がましい目でこちらを見た。

「断ったて……何を？」

「ほら、去年の暮れに、木挽町《こびきちよう》の厚生館で慈善会を催したときは、今度こそご一緒できると思って楽しみにしてたのに、お断りになったじゃありませんか」

「……ああ、そやったかいなあ。たぶんその日はほかの席でふさがってたのやろ」

「まあ、ひょっとして綾姉さんは何もご存じなかったのかしら。きっとまた間に立つ五厘が勝手に断ってしまったのね。本当にこういうことがあるから許せないのよ」

優美な顔立ちに似合わぬ住之助の強い調子に驚きながら、綾之助は内心忸怩《じくじ》たる思いで沈黙を守った。

「なら今日は、あたしから直にお願いするわ。神田に新しくできた錦輝《きんき》館で、今度また水災義捐演芸会を催すから、それにはぜひとも出てくださいね」

「ああ、はい……あとでまた相談してみるけど……」

と口ごもるしかない。

「あたしたちは好きな義太夫を語ってお金《あし》を頂戴している。そりゃァとても幸せなことじゃなくって。だからこそ不幸せな人のために、何か役立つこともしないといけないのよ。綾姉さん、そうは思わない？」

「役立つこと……女子《おなご》でもなんぞの役に立てるんやろか……」

綾之助はぼんやりとつぶやいた。遠い日の記憶の中で心にひっかかった言葉のようだが、それがよく想いだせなかった。相手は構わず熱心に話している。

「世間は今ひどく不景気で、ただでさえ路頭に迷う人が多いというのに、水災で家まで喪《うしな》ったら、どんなに辛いかしら」

「ああ、そらようわかる。わたしも大阪で大水に遭うて、怖い思いをしたさかい」

「だから、演芸会で集まったお金の一部をお上にお届けして、救恤《きゅうじゅつ》に役立ててもらうのよ」

「キュウジュツて……住ちゃんは、なんやえらい難しい文句を知ってんのやなあ」

「ああ、それは、フフフ、早稲田の書生さんの受け売りね」

住之助はぺろりと紅い舌を出して笑った。綾之助は早稲田の書生と聞いてまたぞくっとしたが、考えてみれば尋常小学校にも通わなかった自分たちは、ドウスル連の書生たちを窓口にして世間を知るしかなさそうだ。

「ある書生さんがこんなふうに仰言ったわ。義捐演芸会や慈善会を通じて、君たちも五厘の隷属から解放されるべきだって。彼奴《きやつ》らを退治して、寄席に矯風をもたらそうって」

住之助はますます受け売りの難しい文句を使って綾之助をたじろがせる。

「そやそや、ひどい五厘がいてるから、うちらほんまに往生してます」

と横から口をはさんだのは綾之助人気に便乗して、大阪から上京した娘らしい。すると先ほどのぽっちゃりした三味線弾きがまた声をあげた。

「わざわざ出番の前に楽屋に来て、かならずあたしのお尻をぽんと叩く五厘がいるのよ。嫌らしいったらありゃしない」

「そんなのはまだ序の口よ。売れないお前でも、ひと晩俺と付き合ったら宮松亭に出してやるなんて、平気でいうのがいたわ」

「ああ、あいつでしょ。いつも楽屋でもらい煙草をして歩く嫌なやつ。自分はしっかりお金を貯め込んで、借りたくなったらいつでも貸してやる、その代わりに俺と寝ろって、わたしにもいったわ」

「奴ら、あたしらを吉原のお女郎さんかなんかと勘違いしてるのよ」

と、まるで見台のように畳をバンバン叩くのもいる。

「駒姐さんなんてお気の毒に、五厘からなんだかんだと多額の借金を背負わされて、それが返せないと高利貸しの妾にさせられそうだって、泣いてらしたわ」

喧々囂々《けんけんごうごう》の五厘非難を綾之助は呆然と聞いていた。そんなひどいことになっているとは夢にも知らなかったのが、なんだか自分の落度のようにさえ思われてくる。

「綾姉さんが旗頭になって五厘退治に乗りだしてくれたら、あたしたちはみんな綾姉さんにくっついていきます。だから、その手始めに、今度の義捐演芸会にはなんとしても出てほしいの」

住之助は漆黒の眸でひたむきに訴えかけた。ほかの娘たちもみな熱い眼差しをこちらに向けている。

綾之助はここで即答のできない自分がもどかしく、情けなかった。これまでなまじ別格の扱いで来たために、仲間の悩みや苦労は正直わかってやれないことのほうが多い。けれど娘義太夫の火付け役としては、後進に果たすべき役割がありそうにも思えてくる。

「話はようわかった……そやけどすぐに返事は……」

またもや逃げを打ちそうになったところで、上座のほうにいる小住の甲高い声が大きく響いた。

「どうしていけないんですかい？　その理由をちゃんとお伺いしようじゃありませんか」

「まあ、そう開き直らんでもよかろう」

と宮松亭の片山が低い声で応じるのも今やはっきりと聞こえるくらい、座敷中がしんと静まり返っている。

「去年の慈善会とやらでは、聴衆が千人以上ありながら、お前さんらには一銭も入らなかったそうじゃないか。フフフ、どうせおかしな書生に焚きつけられて始めたこったろうが、慈善とやら救恤とやらにかこつけて、私利を貪《むさぼ》る輩もいるから、用心するに越したこたァないというんだよ」

「そりゃ中にはたちの悪い書生もおりましょうが、そんなことをいい始めたら、五厘に任せっきりの睦の寄席に出るほうがもっと用心しなくてはなりませんよ。ホホホ、なにせたちの良い五厘はいた例《ため》しがございませんからねえ」

「そのいいぐさはなんだっ。藁店の席を買い取ったからといって、図に乗るのも大概《てえげえ》にしろ」

と憤慨して立ちあがりかけた隣の男を片山は袖を引いてひとまず制した。

「お前さんもそこまでいうのなら、それなりの覚悟があろう。もし、今度また慈善会やら義捐会やらに出るつもりなら、向後いっさい睦の寄席には出てもらいますまい。これはほかの連中も、よく聞いといてくれ。小住一門に限らず、その手の興行に出た者は、睦連から閉め出されると覚悟するがいい」

片山が野太い声で吠えて一同を見まわすと、女義たちの大半が肩を落としてうなだれている。所詮、横暴な君主には逆らえないといったふぜいだ。

「ホホホ、そうはっきり仰言ってくださると、かえってこっちも張り合いがあるってもんですよ。寄席は何も睦連ばかりじゃない。出るのはこっちのほうから願い下げだ。なら、もうここにいることもありますまい」

すっと腰をあげた小住の粋な立ち姿に、綾之助は身内がじいんと痺《しび》れるようだ。

弟子の住之助もすぐさま立ちあがった。去り際にはこちらの目をじっと見て、別れの言葉を告げる。

「綾姉さん、錦輝館で今度こそご一緒しましょ。お願いよ」

綾之助は黙ってうなずいてみせるしかなかった。

小住らが立ち去ったあと片山らも一斉に引き揚げてしまい、あとに残された女義たちは顔を見合わせるばかりだ。中で最長老の東玉がおのずと皆の視線を集めて静かに口を開いた。

「わたしも大阪から上京したときは、五厘に巧いこと乗せられて、えらい目に遭わされました。何やかやで勝手に遣われて、前借はあれよあれよという間になくなるし、いつの間にか高利の借金までさせられて、約束した給金もどんどん下げられてしまうしなあ。そら、ほんまに腹の立つことばっかりやった」

上品な顔で淡々と語るとは思えないような話の中身に綾之助はただただびっくりしていた。自分はなんと恵まれているのだろうと思いつつ、こんな無法を放っておいてよいものかという義憤がむらむらと込みあげてくる。

「そやけど、わたしはもう小住さんのように、五厘や席亭と喧嘩をする度胸も元気もない。若いときの苦労は買うてでもしたらええというが、今の歳ではわが身の安泰が一番や。このまま睦連とは仲良うやっていくつもりです」

実に正直な長老の発言で一座はふたたびしんと静まり返った。日ごろ何かとおしゃべりのお勝でさえ沈黙を通すのは、さすがに口をはさむ立場ではないと心得ているらしかった。

亀清楼では沈黙を通した母子が、この夜はふたりで猛然と口論をした。

「子どもみたいなことをいうて、どないしますのやっ。子どもなら子どもらしう、親のいうことを聞いてなはれ」

と頭ごなしに叱られて、綾之助は泣きじゃくりながら抗弁をした。

約束を裏切って、あの住之助に卑怯者だと思われたくはないという気持ちが強かった。

「好きな浄瑠璃を語って暮らしてるうちらは、世間で困ってる人のお役に立たなあかんのや。お母ちゃんは自分らのことばっかり考えてるやないの。うちはもうそんなお母ちゃんが嫌になった」

「よう聞きなはれ。慈善会いうのは口実や。あれはもともと小住さんが睦連と手を切りたいためにやらはるこっちゃ」

「それもこれも人助けや。みんなのために、あくどい五厘を退治しようとしてはるんや」

あくどい五厘といっても、綾之助は自身があまり五厘と関わりを持たないため、せいぜいが弥八という古参の五厘を目に浮かべるしかなかった。

弥八は禿頭も顔も脂ぎってつやつやした爺さんで、腫れぼったい眼を時にキラリと光らせて、値踏みするような表情をした。その目つきがとても嫌でたまらなかった。

「ええか。よう考えてみなはれ。あんたは何も睦連や五厘から嫌な目に遭《お》うたわけやあらへんで。これまでずっと大切《だいじ》にされてきて、ここで弓を引いたりしたら、それこそどんな自分勝手な恩知らずやと思われるか。女子は男を怒らしたらあかん。男には逆らうもんやない」

綾之助はその言葉を聞いてハッとした。幼い日から胸にくすぶり続けたある名状しがたい感情に火がついて、とうとう爆発する。

「女子はなんで男に逆らうたらあかんのやっ。なんで。なんでやっ。女子は役に立たんからか。お母ちゃんは今でもうちを役に立たんと思ってるんかっ」

自分でも何をいってるのかわからない奇声が飛びだして、お勝はぽかんとしている。綾之助は号泣しながら自分の泣き声を遠くのほうに感じた。わが声を制御できなくなっているのがふしぎで、それでいて大いに取り乱しているのもわかるほどに、一方では妙に冷静なのが、自分でもふしぎでならなかった。

小住が掲げた反旗の下には弟子の住之助はもとより若手で売りだし中の小土佐や、団玉、小虎といった中堅どころも参集し、牛込の藁店亭を根城にして下谷の吹抜亭、銀座の金沢亭など数軒の寄席に立て籠もって睦連と張り合う構えをみせた。片や大半の女義は宮松亭を筆頭に二十八軒が組んだ睦連の寄席に残留し、その中にはむろん綾之助もいた。

「なんや、この書き方は。あてらがまるで悪もんみたいやないか」

と、お勝が怒りをぶつけたのはまたもや新聞記事で、そこには一連の出来事が五厘騒動として報じられ、綾之助らは「睦派」、小住らは「正義派」と書かれていた。

近久はそれを見て冷ややかに笑ったものである。

「ハハハ、新聞なんざいつだって出る杭は打つし、勝ち目が薄いほうに判官贔屓《ほうがんびいき》をするもんですよ。正義派とやらは、きっとここ一年も持ち堪えればいいほうでしょうなあ」

案のじょう小住は一座を率いて翌年から奥羽地方へ巡業に出てしまい、次の年の夏が過ぎても帰京するという噂は聞こえてこなかった。

新柳亭の楽屋に吹き込む川風が一段と涼やかに感じられたこの日、近久は汗をふきふき息せき切って楽屋に駆け込んでくると、

「師匠、驚いちゃァいけませんよ」

という顔がほころんで見える。

「さっき片山の旦那に呼ばれて宮松亭に行ったら、なんと驚くじゃありませんか」

勝手に独りで騒いでいるから、お勝が斜眼でじろりとにらんだ。

「慌《あわ》てんと、早よ用件をいいなはれ」

「それがあなた、いやはや、驚いたのなんの。竹本綾之助の評判が畏《かしこ》くも有栖川宮《ありすがわのみや》様と伏見《ふしみの》

宮《みや》様のご上聞に達して、浄瑠璃を所望したいとの仰せがありましたそうで。来月の初めには、伏見宮様の御殿へ伺候《しこう》することに決まったんですよ」

「へええ、宮さんの御前でお語り申しあげるんかいな……」

お勝も腰を抜かしそうな声をあげた。近久はますます声がうわずった。

「何年か前に井上伯爵のお屋敷で市川團十郎の一座が天覧を賜《たま》わって、たしかそのあと円朝師匠の噺も天聴に達したと聞きましたが、今度は宮様の御殿で語らせていただくんだから、こりゃ天覧や天聴に勝るとも劣らぬ大変な栄誉でございますよ」

当の綾之助も晴れがましさに躰はぞくぞくするし、顔は逆にぽおっと熱く火照りだした。隣りで一緒に出番を待つ相三味線の東玉も調弦の手を止めて、こちらにくるりと膝をまわしている。

「今までタレ義太と馬鹿にされてきたわたしらも、これでやっと歌舞伎役者や噺家とも肩を並べる立派な芸人として、世間に認められますのやなあ。綾ちゃん、ほんまにありがとう。これすべて綾ちゃんの日ごろの精進と、何かと自重してくれてたおかげや。この通り、わたしからも礼をいいます」

と大先輩に両手を突かれたら、綾之助はもじもじするしかないが、さすがにここはお勝が引き取った。

「なんの、なんの、この子はただ運が良かったというだけの話でおます」

「ああ、あっしも鼻が高えや。ここまでお仕えしてきた甲斐があったというもんですよ」

近久は涙ぐまんばかりに昂奮していて、その声が大きいから、様子を聞いたほかの女義たちも次から次へそばに寄ってきて、お祝いを述べてくれる。

綾之助はこの日まさに有頂天で高座にあがった。語るあいだはいつも通り何もかも忘れて浄瑠璃に打ち込むも、御簾が下がるとすぐに宮家伺候の話が想いだされて、顔が火照ってしまう。

だが楽屋に戻れば、先ほどとは一変して、何やら急にひんやりした空気が流れていた。さっきは笑顔で祝いを述べた女義たちが楽屋のあちこちに二、三人で固まってひそひそ話をしている。みな眉をひそめた沈鬱な表情で、中には悔しそうに涙を払う姿が見える。

綾之助はむっとした。表向きは慶んでみせても、みな内心の思いは違ったということか。お勝も楽屋から姿を消しているので、ひょっとしたら今度のことが妬《ねた》まれて、悪口に花が咲いたのかもしれない。そう思うと唇がむずむずとして、近くに見える三味線弾きについ声をかけてしまう。

「津賀代《つがよ》さん、えらい暗い顔して、なんかあったんか」

「ああ、それが……」

相手の目にじわじわと涙が噴きだすのを見れば、さすがにただ事ではない気がした。

「どないしたん？」

「さっき知らせがあって……住之助ちゃんが亡くなったそうで」

いきなり頭を柱へぶつけたように、目の前がぐらっとした。

「嘘や、なんでそんな嘘を……」

「あたしも信じたくないんですけど、秋田で肺炎を患《わずら》って、看病の甲斐もなく……」

思わず甲高い奇声が飛びだした。

「嘘やっ、嘘やっ、嘘やー、そんなはずあらへん」

抜けるように白い肌をした美少女の面影がまぶたに浮かんだ。

義太夫の声を聞いたのは、哀しいかな向こうがまだ幼いころだが、声が美しければ芸も達者で、遠からず自分の人気を追い抜くだろうと噂されたのは知っている。

あの五厘騒動さえなかったら……。

少し怖くもあったが、住之助とは一度同じ舞台で手合わせをしてみたかった。一座してお互いゆっくりと話せば、自分たちだけにわかり合えることがたくさんあったようにも思われた。

けれど大人たちの諍《いさか》いに引き裂かれたかっこうで、二度と会うことすらできなくなってしまった。この悔しさはなんとしよう。いや、それ以上に相手の悔しさを思えば胸がふさがって喉から声も出てこない。

そばにいる東玉がぽつりとつぶやいた。

「ああ、運が悪い子もいてるなあ……」

その声はまるで自分を裏切り者と非難するように聞こえた。住之助との約束を果たせなかった自責の念と悔しさが胸を突きあげて、喉から急に激しい嗚咽《おえつ》となってほとばしった。

綾之助の恋

お勝が茶箪笥からまた眼鏡を取りだしている。もう細かい文字は読みづらいくせに、毎日かならず新聞に目を通すことは怠らない。綾之助の記事を見つけると毎度怒りだすのも変わらなかったが、今日は何かよほどおかしな記事でも見つけたらしい。新聞を広げたままぶつぶついう。

「アホらしい。ようこんなアホなことが書けるもんや」

板の間でお膳拭きをするお米《よね》が手を止めた。

「奥様、旦那様のことでまた何かございましたか？」

お米はお勝のことを奥様といい、綾之助を旦那様と呼んだ。

旧居と同じ代地河岸に建てた新たな住まいにはお米のほかにも家人がいて、いずれもふたりのことをそう呼んだ。

ただし離れに連れ合いと住む車夫の善公だけはいまだに綾之助のことを「お嬢」と呼ぶ。

「お嬢」であれ「旦那様」であれ、家計はすべて綾之助の収入でまかなわれていた。

「見出しに『綾之助の恋』と書いたあるさかい、なんのこっちゃと思たら、これや」

お勝は新聞を少し下げてこちらを振り向いた。眼鏡の向こうにぎろぎろする斜眼が大きく見えて、綾之助はなんだか急におかしくなる。

「ハハハ、新聞がええ加減なこと書くんは今に始まった話やあるまいし、もう放っといたらええがな。お母ちゃんがいちいち文句をつけに行って取り消し記事を書かせるさかい、うちは『取り消し屋の綾之助』いう仇名までつけられてしもたやないの」

「あんた、まさかとは思うけど、福助と何かあったんか？」

「フクスケ？　……ああ、歌舞伎座に出てる、あの中村福助のことかいな」

「いつも書生から追っかけまわされるあんたが福助に惚れて、逆に追っかけまわしてると書いてありますがな」

「ほんまにアホらしい。うちに役者を追っかけまわす暇があるかどうか、わかりそうなもんや」

後に五代目中村歌右衛門となる福助は目下人気絶頂の若女形で、綾之助もその舞台をひと目見て贔屓になった。人気者同士を引き合わせようと周囲が画策し、先月初めて歌舞伎座の楽屋を訪れ、そこでお互い芸談がはずんだのはたしかである。それを面白おかしく書き立てたのはどうせ艶種《つやだね》記者と呼ばれる低俗な連中だから、もう腹を立てる気にもならなかった。

「あんたは昔から男　女《おとこおんな》みたいなとこがあるさかい、相手が女形の福助なら、ちょうど巧いこと釣り合いが取れると思われたのかもしれんなあ」

お勝の言葉で、お米がぷっとふきだした。綾之助はいささか憮然としている。

福助は見かけとちがって意外に男っぽい青年だった。自分とて男装はしているが、身内にまで見かけどおりと思われたのではたまったものではない。

女義は昔から常に艶聞の宝庫である。楽屋にいれば、今だれそれがだれと出来てるか、あの娘《こ》はあの男といつ切れたのかというような噂話が絶えず飛び交っていて、綾之助は勢い耳年増にならざるを得なかった。

その手の話はたいてい哀しい結末だった。正妻の座を射止めて足を洗った女義はめったにおらず、金持ちのご贔屓に見そめられて、相思相愛で妾になるのは最上の部類かもしれない。好きでもない相手に貢がれてむりやり口説かれたり、借金のかたで高利貸しの妾にされたというような話がざらにある。

ご贔屓のお座敷に召ばれたときは、綾之助もそれなりの用心をした。地方の名望家には、付き添いにまで大枚五円の祝儀をくれるような大金持ちもあるから、そう突っけんどんなあしらいはできないが、綾之助は適当にご機嫌を取るようなおしゃべりは苦手だし、いっぽうで酒が強いのも幸いして、まずおかしな付き合いにはならなくて済んだ。

おまけにお勝がかならず付き添いで見張っていて、まるで花魁《おいらん》に付く遣手婆《やりてばばあ》のようだと陰口を叩かれながら、遣手とまるでちがうのは断じて客との仲を取り持とうとはしないところである。いかに相手が大金持ちで、人品卑しからざるご贔屓でも、娘が日陰者にされるのを母は潔しとはしないようだ。

「あんたは藤田家の跡取り娘だす。いずれは天下晴れて婿さんを迎える大切《だいじ》な躰や。その前にちょっとでも変なことがあったら、婿さんに申しわけが立たん」

なぞといまだにお説教する母親に、娘は大いにあきれている。またことあるごとに、

「なんせ伏見宮様の御殿にあがった躰や。変な間違いがあっては宮様に申しわけがない」

といわれるのは閉口した。女義筆頭の栄誉であり、女義の品格を高めたと讃えられたことは今や重荷にも感じられて、身を鎧《よろ》わずにはいられない窮屈さは堪えがたかった。

ちょっとでもハメをはずしたら新聞記者に嗅《か》ぎつけられてさんざん叩かれるだろうし、こうした根も葉もないことが艶聞として紙面を賑わすのだから困ったものである。

かつて東玉から、恋のひとつやふたつしてみろといわれたのがずっと心の隅にひっかかっていて、年ごろの娘としてはそうそう身を鎧ってばかりもいられないのだが、こう周囲の目がうるさくては、まともな恋もままならない。

恋は自分に代わって八重垣姫がしてくれている、と思うしかなかった。

綾之助は浄瑠璃の中で恋する姫君となり、夫の不倫に苦しむ妻にもなり、わが子を殺された母親にすらなれるが、現実には男とふたりきりで会っておしゃべりもできない身の上だ。

お勝がいなくとも、近久やら、女中のお米やら、車夫の善公やら、新たな相三味線となった津賀代やら、周囲には絶えずだれかの目が光っていた。

「福助いうたら、もうひとり福の字のつく相手を想いだしたがな。あの書生さんも福助のよ

うになよなよとしてなはるから、あんたに惚れはったんとちがうか」

またもやお勝にからかわれて、綾之助は憤然としている。

「失礼なこというたらあかん。あの方は真面目な書生さんや。親切でやさしいお方やないの」

「フフフ、そのいい方なら、あんたもまんざらではなさそうやなあ」

「アホなこといわんといて。そんなんと違いますっ」

綾之助は向きになって打ち消した。それはかならずしも照れくさいからではなかった。

楽屋には日に何通もの付け文が届けられる。手紙はどれも似たようなもので、歯の浮くお世辞や、勝手な恋情が綴られていて、それをまたお勝が勝手に読んでは無遠慮に嗤《わら》ったりする。

書生の手紙にはチンプンカンプンの横文字や首をかしげるような難しい漢語が多かった。綾之助は読んでもほとんど意味がわからないから、返事も書かずに打っちゃってしまう。そうした書生の手紙の中に、ふと心に留まる一通があった。

そこにはありきたりの礼賛ではなく、的確な批評が記されていた。たとえば『先代萩』の「御殿」では、乳母の政岡がわが子に向かって「常々母がいひし事、必ず忘れまいぞや」との一言に、親子一生の別れを覚悟した気持ちが込められているのだから、もっと重々しく語るべきだとか、最後のクドキで「とはいうものの可愛いやなア」と嘆くあたりは、あまり歌い過ぎないようにしないと母の深い哀しみが薄れてしまう、といった具合である。

「この書生さんはなかなか浄瑠璃がわかったはるがな。仰《おお》せ実にごもっともや」

とお勝も指摘にいちいち納得するその書状には、井上福次郎という署名があった。

福次郎は毎日のように書状をくれた。両国の新柳亭であれ、銀座の鶴仙であれ、神田の小川亭であれ、芝の琴平亭であれ、書状は市中のあらゆる寄席に次々と舞い込んだ。福次郎の書状が届かない日は、ひょっとして病気で臥せっているのではあるまいかとか、あるいは自分の芸にはもう愛想を尽かしたのだろうか、などと心配するくらいである。

楽屋に足を運んで堂々と付け文を差しだして、邪魔になるのも構わずに平気で長居を決め込む厚かましい書生も少なくないなかで、福次郎の書状はいつも車夫の善公が預かっている。一度楽屋をお訪ねくださるよう、善公を通じてこちらから申し出たにもかかわらず、向こうは恥ずかしそうにして逃げ去ったという。

手厳しい批評を書くくせに、案外の恥ずかしがり屋だとわかれば余計に会ってみたくなる。綾之助はついに善公に、むりやりでも楽屋に引っ張ってくるよういいつけた。

その夜まるで罪人が捕り手に引き立てられるようにして、福次郎が初めて新柳亭の楽屋を訪れた。男にしては小柄で骨組みの華奢な躰つきと見え、絹の縞物を着流しにしており、色白でふっくらしたおとなしい顔には平井医師と同じ鉄欄《てつわく》の円い眼鏡がかけられて、玻璃片《レンズ》の中に小さな目がおどおどしていた。

「いつもいつも、有り難いお手紙を頂戴いたしましまして」と挨拶をすれば、向こうはぽうっと顔を赤らめながら黙ってぺこんとお辞儀をした。

手紙のお礼に、お勝は馴染みの小料理屋に誘い、これまたむりやり引きずっていった。

福次郎は盃を傾けながら、もっぱらお勝とばかり話をした。素人なのにびっくりするほど浄瑠璃に詳しくて、男の太夫の芸にもあれこれ的確な評を下すから、ふたりは芸談で意気投合したのだった。しかしこちらとはあまり口をきかず、目が合うとあわててそらすといった具合だから、綾之助は手持ちぶさたで酒を過ごすしかなかった。

書生の身なりは大概がいわゆる破帽短袴だが、慶應義塾の書生は一風変わって袴をつけない着流しが多く、そのまますぐにでも商家の若旦那に納まれそうな風采をしている者が少なくなかった。ほかの学校にありがちなむさくるしい無骨者や、ずうずうしい乱暴者はあまりいないらしく、いずれもきちんとした身なりで礼儀正しいと世間でいわれ、福次郎も例外ではなさそうだ。

おまけに控えめな人柄で、浄瑠璃の芸談にも事欠かないから、すっかりお勝に気に入られて、寄席が休みの日はこの自宅にもたびたび訪れるようになった。訪れるのはお勝と話をするのがお目あてかと思うくらいだが、本当はそうでないことくらい、むろん綾之助も承知している。

思えば福次郎は親しい贔屓の中では一番歳が近い男だから、恋人に擬してもふしぎはない。「十種香」で八重垣姫の恋人になる武田勝頼役の人形にも似て、おとなしい上品な顔をしたあの男とは、初めて会ってから一年以上にもなるのに、八重垣姫のように自分のほうからいい寄らないと、何も始まらないのかもしれなかった。

けれど綾之助には何も自分からいい寄るほどの気持ちがあるわけではなかったし、相手はとにかく恥ずかしがり屋で、自分からは目を合わせようともしないくらいだから、恋が始まるきっかけを見つけるのは難しそうだ。こうなれば互いの心が徐々に歩み寄るのを、じっくりと待つしかないのだろうか……。

玄関のほうで急に物音がして、飛んでいったお米の声を聞きながら、お勝はにやっと笑っている。

「ほうら、噂をすれば影や」

自ら玄関に出迎えた綾之助は少なからず驚いた。福次郎の横には見知らぬ男が立っているではないか。

「この井上君と慶應義塾の同窓で懇意にする、石井健太といいます」

初対面の男はこちらの目をしっかりと見て名乗りをあげた。福次郎よりも躰はひとまわり大きくて、身なりはあまり構わない、同じ慶應でもいわゆる硬派の書生らしい。絣《かすり》の羽織も色褪《いろあ》せて、木綿袴はよれよれだが、着物の下に着込んだ襯衣《シャツ》はまぶしいくらいに純白で、初めての訪問に際してはそれなりの気づかいをしたようである。

身なりのわりに風采がよく見えるのは、堂々とした体軀と何やら強い自信のようなものがなせるわざなのかもしれない。くっきりとした二重まぶたの眼で無遠慮なくらいにじいっとこちらの顔を見ている。きれいに澄んだ眸《め》はまるで少年のような好奇心をあらわにして、おのずとほころぶ顔はやさしげだった。

「ああ、これが書生仲間で知らぬは恥とまでいわれる竹本綾之助か……こうして間近に拝顔すれば案外と可愛らしいお嬢さんなのに、高座にあがった姿は怖いくらいにでっかく見えるから、ふしぎなもんだ」

相手はこれまた無遠慮に正直な気持ちを話し、それにつられて綾之助のほうもひとりでに唇が動きだした。

「わたしの浄瑠璃を、お聞きあそばして?」

「もちろん、去年この井上君に誘われて初めて聞いて以来、けっこう好きになって独りでも何度か寄席に入りました」

「どこがお気に召しました?」

綾之助はちょっと意地悪な気持ちで訊いてみた。

さあ、相手はどんなふうに答えてくれるか。

「僕は井上君ほど浄瑠璃に詳しくないから巧くはいえんが、君の声を聞くと、力がつく」

「力がつく？　……」

「左様。聞くとなんだか元気がもらえたようで、ハハハ、先月の試験もそれでうかったようなもんだ」

「へえ。うちの声が、あなたのお役に立てましたのやなあ……」

綾之助は妙にうれしくなった。こんなふうにいわれたのは初めてだが、どんなに的確な批評よりも、いわれて一番うれしかった賞め言葉かもしれない。

「今日は井上君がついて来いというもんで、こうしてご自宅にまで押しかけました。いや、正直いうと、綾之助に会ったといえば、仲間内でも鼻高々ですからね」

誘った福次郎は黙ってうなだれており、うしろからお勝が焦《じ》れったそうに声をかける。

「玄関で立ち話なんかしてんと、まずおあがりやす」

福次郎を通すのは堅苦しい客間ではなく気楽な茶の間のほうだが、今日は大柄な石井健太が一緒だから部屋が狭苦しく感じられた。

福次郎は茶の間に通ってお勝と話しだすと水を得た魚のように能弁を発揮し、片や語るべきほどの芸談を持たない石井健太はぼうっとしてふたりのやりとりに耳を傾けるばかりだ。その顔は先ほどと打って変わって、大人に挟まれた少年のごとく頼りなさそうに見えるのがおかしかった。

福次郎とお勝はいつもの調子で興に乗って芸談の長話に陥り、綾之助は所在なげな石井健太がだんだん気の毒になってきて、思わず口をはさんでしまう。

「あのう、井上さんが今日、石井様をお連れになった理由《わけ》は、何か……」

とたんに相手は真っ赤になって口をつぐんだ。それはおかしなくらいのあわてようだから、お勝もいささか当惑の面もちで、

「どうぞ遠慮のう仰言ってくださいませ」

と促すも、福次郎はまだ黙ってうなだれている。

「僕から話しましょう。いいね、井上君」

決然と石井健太がいえば、福次郎は待ってくれといわんばかりに素早く頭《かぶり》を振った。

「だけど、そんなことじゃ、一向に埒《らち》があかんぜ。君が思いつめてるのを、僕は見るに見かねてここに来たんじゃないか」

ふたりの奇妙なやりとりに綾之助は首をかしげるばかりだが、お勝は何やら思い当たったふうに目配せをする。

「石井様、どうぞあなた様から仰言ってくださいませ」

綾之助がきりっとした調子でいうと、相手は一瞬の間を置いて、こちらをふたたびしっかりと見つめた。

「僕らのあいだでは、君のことをAと呼んでいる」

「エー？　……」

「左様。教師でもなんでも横文字の符帳にするのが、書生の習わしでしてねえ。綾之助の頭文字がAなんだが、まあ、それは気にせんでくれたまえ」

「はあ……」

綾之助はまたぞろわけのわからぬ話が始まるのかと、少々うんざりした。

「僕と井上君は下宿も共にしていて、井上君が毎晩寝言にもA、Aとしきりに繰り返すもんで、こっちはすっかり参っている」

今度はなんだか相手に文句をいわれているようで、少し憤慨もする。

「昨夜《ゆうべ》なんざ何度も寝返りを打ったあげく、夜中に大声をあげるもんだからびっくりしたよ。日本中の奴らはことごとく死んじまえっ、僕とAのふたりだけが残ればいい、落第なんか構うもんか、って怒鳴るんだからね。そんなネガチブな考え方はいかんと、はっきり僕はいったんだ」

福次郎は身の置き所がないままに悄然《しょうぜん》と縮こまっている。綾之助は困ったようにお勝と目を見合わせたが、相手も呆れ顔でめずらしく何もいえないらしい。

「で、うちにどないせえと仰言るんですか」

と綾之助は切り口上になった。

「正直にいおう。僕は高座の君を見て、もっと大柄な男女《おとこおんな》のように思い込んでいた。井上君が夢中になるのは、女芸人の魔力にたぶらかされたのだと思った。だからすぐに手を切れと忠告したが、井上君は、そんな女じゃないといい張って、疑うなら一緒について来いといったんですよ」

石井健太はやおら膝を正してこちらに頭を下げた。

「僕からいうのもなんだけど、こうして見れば、君は高座とは別人のように、ふつうの可愛らしいお嬢さんじゃないか。井上君がたちの悪い女芸人にひっかかって一生を棒に振るんじゃないかと心配だったから、今日はすっぱりと縁を切らせるつもりで乗り込んできたが、君を見て急に考えが変わった。君なら井上君が妻にしたいと望んでもおかしくない。どうか井上君のことを、将来を共にする相手として見てやってもらえんだろうか。この通り、僕からもお願いする」

二度目に頭をふかぶかと下げた相手を見て、綾之助はただただあっけにとられていた。

この男は一体どういうつもりで、初対面の自分にいきなりこんな話をするのだろう。また福次郎もなんだって勝手にいわせておくのだろう。

福次郎は縮こまったままで頑《かたく》なに顔を伏せている。こちらの目をまともに見ようともしない男と将来を共にしろといわれても困るではないか、といってやりたい。

片や石井健太は先ほどからずっとこちらを見ている。福次郎が義経ならこちらは弁慶といった趣《おもむ》きで、くっきりした二重まぶたの眼が時おり大きく瞬きながら、吸い寄せられるようにこちらの顔から離れなかった。それはまさに面白いものを発見して夢中で見入る少年の眼のようだ。

綾之助は急に腹立たしい気持ちで唇がむずむずとし、何かいわずにはいられなくなった。

「そんなお話は、ご本人の口から直《じか》にお聞きせんと、なんともお答えのしようがございません。なんで他人のあなた様に、お答えをせんならんのか、合点が参りません」

「ああ、そりゃもっともだ。僕は少し出過ぎた真似をしたかもしれん。ただ井上君は君にぞっこん惚れていて、それを自分でなかなかいいだせないもんだから、見るに見かねて僕が代わりにいったんだよ」

「そんな大切《だいじ》なことを、なんでいわれへんのだす。惚れたというのが嘘いつわりでないのなら、恥ずかしうても、わたしなら自分の口ではっきりと申します」

綾之助は浄瑠璃の「十種香」とごっちゃにしてつい熱っぽい口調になり、これだとまるで自分のほうが相手に惚れているように聞こえるではないかと思うと、ますますむしゃくしゃした。

「自分で打ち明けられんような意気地なしは好きになれまへん。とっとと去《い》んどォくれやす」

自分でも驚くほどきっぱりといいきって、あっ、しまった、と後悔しても取り返しはつかない。

「失敬するっ」

といいざまに福次郎は立ちあがり、健太もすぐあとに続いた。

「ちょっと待っとォくれやす」

お勝はあわててふたりを引き止めにかかり、

「これっ、女子《おなご》が殿方に向かってなんちゅうもののいいようや。早よ謝んなはれ」

と娘を叱りつけるも、一度口から飛びだした矢はもどらず、相手の胸に致命傷を負わせたようである。

福次郎と健太は振り向きもせずに帰ってしまい、二度とわが家を訪れることはなさそうだった。

「あんたは昔から気ィがきつい上に気随《きずい》しで、ほんまに周りが往生するわ。そんな気性ではとうてい婿さんの来手《きて》はない。ああ、藤田の家はどないなりますのやろ」

お勝があとでさんざん愚痴ったのは福次郎という良き話し相手を喪《うしな》ったからで、まさか婿養子にしようと考えていたわけでもあるまいと思われた。福次郎はたしか上州辺の大地主の息子で、婿養子はおろか嫁ぎ先にするのも難しい相手のはずだ。

ただこれで福次郎という聞き巧者《ききごうしや》の贔屓を喪ったのは綾之助も辛かった。おとなしい恥ずかしがり屋でも、手紙ではいつもきちんとした意見を述べてくれたし、こちらはそれを修業に活かせた。寄席に福次郎が来てくれているとわかれば、語るにも張り合いがあったものだ。恋人とはいえないまでも、信頼に足る大切な友人だったのは喪ってから思い知らされた塩梅《あんばい》で、あのとき自分はどうしてあんなにきつい言葉を口にしたのかと悔やまれてしまう。

あのときなぜあんなに腹を立てたのかと思えば、もうひとりの男の顔がまぶたに浮かんだ。福次郎と並べて見ると肌は浅黒く、額は広くて濃い眉毛の目立つ顔で、眼はあまりにもくっきりとした二重まぶただから、一度見たら忘れないような押しだしのいい人相だった。どっしりと落ち着いて福次郎よりも年長に見えながら、唇を尖らせて話すくせはまるで少年のようでもあった。

あの出しゃばり男が余計なことをいったから、福次郎との縁が切れたのだ。あの男が穴の開くほどこちらの顔をじいっと見つめて、急にあんなことをいいだしたから、自分はおかしな気分になって取り乱したのだ。

そう思うとまた腹立たしさが込みあげた。福次郎との縁が切れた今、二度と会うこともない相手には、もはやこの怒りをぶつけようもないのが悔しかった。

今や家には女中もいるので多少は目を離しても大丈夫だと思うのか、お勝は近ごろよく独りで出かけるようになった。代地河岸の自宅から浅草へは舟で大川を遡《さかのぼ》ればすぐに行けるので、暇さえあれば常磐座、柳盛座、吾妻座、浅草座といった気軽に入れる小芝居を覗いてまわっている。近ごろは長年見馴れた歌舞伎芝居より、川上音二郎一座の壮士芝居のほうが荒削りでも新味があって面白いなどという。

関西で「オッペケペー節」を流行らせて一躍人気者となった川上音二郎の一座は数年前に上京し、浅草を拠点に公演を重ねている。

この一座が昨年起きた日清戦争を際物《きわもの》仕立てで上演した『壮絶快絶日清戦争』は満都の人気をかっさらい、以来寄席でもその手の噺が新作されたり、戦没戦傷者義捐を謳った会が催されたが、綾之助自身はなぜ戦争が起きて、いつ始まったのかも知らないくらいだった。

戦争の最中でも、徴兵を猶予された書生たちはよく寄席を訪れて、世間の顰蹙を買っていた。

「敵の北洋艦隊が全滅したそうですからねえ。これですぐにも講和がなるだろうし、そしたら世の中ずんと景気がよくなりますよ。もっとも戦争があろうがなかろうが、娘義太夫の景気は天井知らずでござんすがねえ」

と近久がつい先月、楽屋で浮かれ騒ぐのを耳にして、どうやら日本に大勝利がもたらされたらしいことだけがわかったに過ぎない。

この日は吾妻橋の東橋亭で夜席に出るのみだから、お勝はさっさと先に浅草へ行って、向こうで落ち合う手はずだった。綾之助は久々にのんびりと過ごせる日だから、まだしたくらしいこともせず、陽当たりのいい縁側に出て、爪を切るなどしていたら、お米がなんとも困ったような表情で寄ってきた。

「あのう、先日のお客様が……」

不審に思いながら玄関に行くと、なんとそこにはあの福次郎の友人、石井健太が先日と同様の姿で突っ立っているではないか。

綾之助はなんだか夢でも見ているような感じで一瞬頭がぼうっとしたが、すぐに気を取り直した。

「なんのご用でございますか」

切り口上でいって身構えれば、向こうは直立不動の姿勢でぺこんと大きく頭を下げた。

「先日はまことに申し訳ないことをしました。井上君には謝って許してもらったが、あなたからもお許しを戴くまでは心が晴れん。何とぞ先般のご無礼は、お忘れを願いたい」

「……今さらいわれんかて、とうに忘れております」

綾之助はうわの空で応じている。福次郎と一緒でなく、この男が独りでまたわざわざここにやって来たのはなぜなのか。考えれば考えるほど、わけがわからなくなってくる。

「よかった。それならお許し戴けたものとみます」

相手はにっこりとうれしそうに笑いながらじいっとこちらの顔を見てくれるから、またふつふつと怒りが蘇《よみがえ》った。

「許したつもりはありません。一体全体あなたは……」

といいさしたところで、相手はすかさず口をはさんだ。

「お許し戴けるまでは帰りません」

「わたしはこれから寄席に出かけるとこです。そこに立っておられたら邪魔でっさかい、退《ど》いとォくれやす」

「東橋亭の夜席は、僕も聞きに行くつもりです」

近ごろの新聞には本日の寄席欄があるので、相手はそれを見ているらしい。

「まだ大分時間があるが、早い目に浅草へ行かれるつもりなら、僕もお供します」

綾之助は相手のずうずうしさに呆れつつ、それを断り切れない自分にも呆れていた。ただぼうっとして前後がさっぱりわからぬまま、気がつけば身じたくをしている。

今日は俥で出かけない旨、お米から車夫の善公に伝えさせ、過分の小遣いをやって口止めをした上でこっそり家を抜けだした。お米は変な笑い方をしながら「旦那様も、たまにはこういうことがございませんと」なぞといって送りだしてくれたが、こういうこととは一体全体どういうことなのか、だれかに訊いてみたいようである。もっとも付き添いがだれもいないと、こうも晴れ晴れした気分になれるのかと、妙にうれしくてならない。

思えば例の早稲田の書生に襲われそうになってから、独りになるのは怖かったし、周囲も独りにさせないよう気づかっていたのだ。それが今日は一体どうしたことだろう。福次郎の友人で、慶應義塾の書生であることしかわからない、会うのもまだ二度目の相手とふたりで舟に乗り込んで、まったく平気なのが自分でも不可解だった。

この相手は自分を襲った男とどこがどう違うのか、と自らに問うても答えは出ないが、ふしぎと恐れを感じないのはたしかだった。この男のずうずうしさには呆れるばかりだけれど、よく楽屋に居座っているドウスル連たちとは何かが違っていて、だからあまり不愉快にもならないらしい。

石井健太がいいのは無闇にしゃべりかけようとはしないところで、お供しますといいながら、舟の中では存外そっけなくしている。綾之助は御高祖頭巾《おこそずきん》を深めにかぶって顔を隠しているから、相乗りの客にも幸い気づかれずに済んだ。

舟が動きだすと早春の冷たい川風が肌を刺し、綾之助が一瞬ぶるっと躰をふるわすと、「ああ、これを使うといい」と石井健太は懐中から何やら新聞紙にくるんだものを取りだした。ぷーんと甘い香ばしい匂いが鼻について綾之助はきょとんとしている。

「ハハハ、これは書生の羊羹だよ。懐炉《かいろ》にもなるから重宝する」

手渡されたのは焼き芋で、どうやらこれで暖まれということらしい。

男の血潮は女よりも熱いのだろうか。舟縁《ふなべり》に腰をおろした健太の躰もぽかぽかとして川風の寒さを幾分か和らげてくれる。黙って川のほうへ目をやりながら、時折こちらを振り向いてはにかんだような笑顔を見せ、何やらぶつぶついいながら短めに刈った頭をかくようなしぐさをするのは、こうした成りゆきに自分でも、ああ、参った、参った、という気持ちなのだろうか。

船着き場に降り立つと、健太はがぜん勢いよく彼方を指さした。

「あの上に昇ったことがありますか」

指の先には俗に浅草の十二階と呼ばれる凌雲閣《りょううんかく》が聳《そび》えていた。市中一高い建物なのでどこからでも見えるとはいえ、ここまで来ればやはり偉容が間近に拝めて、よくぞあんなものを建てたという当初の驚きが蘇る。建ったのはたしか四、五年前だが、考えてみれば綾之助は昇るどころか、まだそばに近づいて見たことすらないのだった。

黙って首を振れば、石井健太はうれしそうに笑った。

「ハハハ、灯台もと暗しというから、まあ、そんなもんでしょう。僕の下宿の近所には愛宕《あたご》塔《とう》というのがあるが、やっぱりあれとは比べもんにならん高さだ。せっかくここまで来たら、素通りするのは勿体ない気がする。どうです、一緒に昇ってみませんか」

綾之助は幼い子どものように黙ってこくんと首《こうべ》を垂れた。ここまでおかしな成りゆきには、こうしたおかしな趣向が付いていてもふしぎはないし、持ち前の好奇心が疼《うず》きだして大いにそそのかしてくれる。

近くに見えても船着き場からはそこそこ距離があるので、ふたりは通りの俥を拾って乗り込んだ。初対面に近い男と相乗りして、他人にどう見られるかも気にもならないくらい、綾之助の心はしだいに巨大な姿を取りつつある凌雲閣で占められた。健太も同じ思いかして、徐々に首をもちあげながら、まっすぐ前を向いたままだ。

陽がすでに翳《かげ》りはじめ、八角形をした巨大な煉瓦塔の影がどこまでも長く伸び、幸い入り口付近の人だかりは思ったよりも少なかった。

凌雲閣は十階までが赤い煉瓦塔で、その上に青い三角帽子のような二階建ての木造建築がのっかっている。分厚い煉瓦の壁に囲まれた塔内の一階は冷え冷えとし、窓も小さくて薄暗かった。

各階では世界万国から輸入された珍しい品も売られているが、

「今日は時間がないから、それを見るのはまた今度にしましょう」

と、石井健太は次に会うことを決めつけたようないい方で綾之助を唖然とさせる。

どうやらここに来るのは初めてでもないらしく、勝手知ったる様子で壁際の石段を昇りはじめた。

竣工当初は二十人乗りの昇降機《イレベートル》で八階まで行けたが、送電による火災が危惧されてすぐに運転中止となったので、最上階へ行くには壁際を螺旋状に延びる石段を昇ることになる。

薄暗くてひんやりした螺旋階段はどこまでも延々と続いて、綾之助はしだいに息があがり、目まいがしてくるし、膝はがくがくしているが、振り返った男に「辛いようなら、昇るのはもう止《よ》しにしましょうか?」と訊かれたら、黙って首を横に振るほどの女の意地をみせなくてはならない。途中で止めたらくたびれ損だから、我慢してひたすら足を上にあげる。

階段は途中で石から木に替わって急になる。さらに一歩一歩慎重に昇ってついに頂上にたどり着けば、あたりがパッとにわかに明るくなって度肝を抜かれた。そこはもう壁がなく、八角形の欄干が付いただけの回廊だから、びゅんびゅん唸りをあげる激しい風に吹き飛ばされそうになり、雲に手が届きそうで下を見るのも恐ろしく、風がまたあまりにも冷たくて、ぽかぽかする男の躰に寄り添わずにはいられなかった。

この展望台にはほかにも何組かの男女がいたが、声が風に吹き飛ばされて他人の会話は少しも耳に入ってこない。健太はそれを承知でわざとここに案内したのかもしれなかった。

「どうです、絶景でしょう」

耳もとでやけに大きな声を出されて綾之助はちょっと顔をしかめた。

とにかく小さな屋根がどこまでもごちゃごちゃ見えるばかりだが、少し気を落ち着けて恐る恐る真下を望めばそこにはひょうたん形をした池があり、その先には浅草寺の甍《いらか》があった。本堂の屋根も五重塔も、あんなに小さいのがふしぎだ。ぞろぞろと仲見世を通る人の頭は蟻の行列だった。さらにその向こうにはまるで青い帯を転がしたような大川が見える。ちょうどもう一本の細い帯と交わるあたりにわが家があるはずだが、むろんちっぽけすぎて見えやしない。大川の先に広がる海はべったりと青い絵の具を塗られた芝居の書割《かきわり》のように静かだった。

陽が先ほどよりも大きく傾いて赤く見え、そちらの方角にある懐かしい生まれ故郷を想いださせた。大阪では上町の台地から望んでもこんなに遠くまでは見えなかった。東京には生駒山のような山脈《やまなみ》がまるでないのかと思っていたが、ここからだと遠くのほうに小さく見える。

ああ、自分は東京に何年も住んでいて、まだ東京のことをほとんど何も知らない、つくづく世間知らずだと思い知らされてしまう。

戦争でたくさんの人が死んだのも、世の中が不景気で食べるのも困る人が大勢いるのも、ただ話に聞くばかり。つまりはここから下を見おろすようなもので、身にしみて感じたことは何ひとつないのだった。

ここから見られているのも知らずに、蟻たちが勝手にあちこち動きまわっているのはなんだかおかしいが、自分だってつい先ほどまではここからそんなふうに見られていたのだろうから、思えば人はなんてちっぽけで儚《はかな》いものか。

自分は毎日が寄席の往き帰りで精いっぱい、時には宮様のお屋敷に伺ったり、ご贔屓に贅沢なお呼ばれをしてなんだかいい気になっているが、それとてもここから見れば、決まり切った道しか知らずに、そこを繰り返し通っている、ちっぽけな蟻に過ぎないのだろう……。

「僕の在所はたぶんあっちのほうだ」

男の手は北西の方角を指していた。

「上州の安中《あんなか》です。碓氷峠《うすいとうげ》に立派な煉瓦造りの眼鏡橋ができたのを見せてあげたい。いや、今はちょうど梅が見ごろだろうから、あれを先に見せたいなあ。近所の山に雲海のような白梅が広がって、そりゃァみごとなもんですよ」

遠くを見ながら懐かしむようにいって、急にこちらを振り向いた。

「すまん。この前のこと、改めて謝ります」

耳もとでまた怒鳴って、激しい風から顔を背けるように頭を下げた。

「あのとき僕は、井上君の気持ちを代弁したんじゃない」

「はあ？」

と綾之助も大きく叫んだ。それはどういう意味なのか。相手は一体何をいいたいのか詰問したくてたまらないが、寄席の出番を控えて風で喉を嗄らしてはなるまいと、つい自重してしまう。

「高座にあがった君は手の届かない高嶺の花だ。ところがそれを目の前にしたら、あまりにも可憐な花なので、つい手を伸ばしたくなった。その気持ちを、井上君におっかぶせて、あんなことをいいだした僕は、卑怯者だ。君に意気地なしといわれても、仕方がない」

健太は怒鳴りつづけた。その声はびんびんと綾之助の耳に響き、胸にこだました。

「僕はここから飛び降りる覚悟で、君にきちんと謝罪がしたかった。すまん、この通りだ」

健太はまたふかぶかと頭を下げた。なぜそんなに謝るのか、綾之助はもうわけがわからなくなっているが、健太が意気地なしでないことだけはたしかだった。

綾之助は浄瑠璃の中で何度も恋をし、浄瑠璃を語っては大勢の男たちから恋をされている。あたかも物語の中に住むお姫様で、そこから抜けだそうとしたこともなければ、そこから連れだそうとした男もいなかったのだ。

「ああ、僕はできることなら、君を今すぐにでもあの海の向こうへ連れて行きたいっ」

彼方を指さしながら健太がまた大声で怒鳴るのを聞いて、綾之助は思わず叫んだ。

「どうぞ、連れてってー」

自分でも何がなんだかわからずに声をかぎりと叫んだ。

とたんに健太がくるりとこちらを振り向いた。くっきりした二重まぶたの眼は大きく見開かれ、唇がふるえている。

綾之助もふるえだしている。それは寒さのせいばかりではない。自分が何かとんでもないことをしでかしそうな予感に、いわば武者ぶるいが起きたのだった。

恋はただじっくり待てばいいというものではなさそうだ。

綾之助の恋は突然降って湧いたのである。

男たちの世界

「へへへ、川田の御前《ごぜん》がなんだかえらく賞めてやしたぜ」

という近久のほうこそなんだかえらくご機嫌である。どうせご贔屓の川田小一郎から過分の祝儀を頂戴したのだろうが、綾之助は近ごろすぐそんなふうに頭のまわる自分が嫌でたまらなかった。

「綾之助の声に艶っぽさが出てきたってね。きれいな声だけじゃいつか飽きられるだろうが、あれなら大丈夫。三十になろうが、四十になろうが、客は離れやしないと仰言ってましたよ」

「へえ、そうか。そやけどそんな歳になるまで……」

といいさして、あたりを見まわす。ここは楽屋だ。今や綾之助一座といわれるほどで、名実共に女義の筆頭株となってはいるが、一座にはいまだ自分よりも年上のほうがはるかに多いのである。

「思えばもうかれこれ十年にもなりましょうかねえ。へへへ、頭を五分刈りにした坊やのようなお嬢ちゃんが、今は立派な島田髷に結ってなさる」

近久の声がこんどはなんだか妙に湿っぽく聞こえた。

綾之助は鏡台に向かって櫛を使いながら、そこに映る相手の顔を見た。きっちり七三分けにした髪《あたま》には白いものがだいぶ混じっている。額にはくっきりと一本の太い皺が刻まれて、くりっとした愛敬のある眼も今はまぶたが落ちくぼんで、かつてほど俊敏な動きはなさそうだ。

「艶っぽくなられたのは、島田髷に結ったからばかりじゃござんすまいよ。フフ、そりゃまあ、二十歳を過ぎてなんにもなかったら、そのほうがおかしいくらいですがねえ」

綾之助はアッと声が出そうになった。

やはり舐めてはいけない。この男はたしかに気づいている。あるいはもうだれかの口から洩れて、何もかもとっくに知っているのかもしれなかった。

人目を忍ぶ石井健太との逢瀬には周囲の手助けが欠かせなかった。家では女中のお米がお勝に何かといいわけしてごまかしてくれるし、出先では津賀代をはじめ小染、小緑といった一座の者が手を貸してくれるが、事がばれるのはそう遠い日でもなかろう。

健太の下宿は学校に近い三田の聖坂《ひじりざか》にあって、そこを下ればすぐに芝浦だ。芝浦は近年行楽地として賑わい、芝浜館という流行りの温泉旅館が知られている。

琴平亭の昼席が終演《ばれ》たあと、津賀代と一緒にひと晩そこに泊まって骨休めするといったのが嘘のつきはじめで、それから何度も嘘を重ねていた。

芝浜館での健太はかなり強引だった。そうでなければ到底あんなことはできなかったのかもしれない。いきなり足首を握られて綾之助は狼狽した。泣き叫んでひどく抗《あらが》ったけれど、男の力には敵わなかった。健太は荒々しく、時にやさしくもなり、とにかく粘り強かった。

綾之助は恥ずかしさと恐ろしさに頭がくらくらとし、何かの罰でも受けたような気分で歯を喰いしばって堪え、男の熱い躰を受け入れた。二度とこんな辛い思いはご免だと思ったはずなのに、いつのまにか次の誘いを待ちかねている自分がいた。

八重垣姫が勝頼に何を求めてどうなるのか、身をもって知らされた今、「殿御に惚れたということが、嘘偽りにいわりょうか」と語るときの羞《は》ずかしさはなかった。羞恥の心が艶っぽい声となってあらわれたのなら、東玉にいわれたことも無駄ではなかったのだろう。

「艶っぽくなるのはいいが、そうなると艶種の記者も放ってはおきませんから、ご用心なさいまし」

と素早く耳打ちをして、近久はさっと消えてしまう。相変わらず身も心も俊敏な男であった。

新聞もいろいろ、記者もさまざまで、艶種記者という始末に悪い手合いは役者や芸人の尻を追っかけまわして艶聞を拾い集めるのが商売で、とかく人気者はあることないこと書かれても文句がいえない。

しかしながらここにいちいち文句をつけるお勝という女がいて、毎度のように取り消し記事を求めるから、「取り消し屋」の仇名までこうむってしまった綾之助だ。

けさもお勝は新聞に目を通して、取り消し記事を満足そうに読み聞かせてくれた。

「ああ、これで向こうさんにも迷惑がかからんですむやろ。ほんまにアホらしい記事やと思て放っといたら、えらい迷惑をかけてしもて、申しわけないことをしましたがな」

という顔は半ば笑っていて、そのばかばかしい騒動がまんざらでもない様子だった。

迷惑をかけた相手は今をときめく川上音二郎で、お勝は以前から音二郎の壮士芝居を好んで見ていた。こともあろうにその音二郎と綾之助の艶聞が新聞に載った。綾之助が高座にあがると、「よっ、川上とお楽しみっ」というかけ声がかかるが、こっちはよくある話だからお勝もひとまず放っておいた。

ところが神田三崎町に音二郎が新たに建てた劇場、川上座へお勝が芝居を見に行ったら、そこでも「よっ、色男。綾之助が待っていますっ」と声がかかったそうである。

「そこでおかしいのが、あの男のしたこっちゃ。客に向かって、俺は綾之助と会ったこともない、馬鹿をいうな、と怒鳴り返すさかい、馬鹿とはなんじゃー、と客のほうも暴れだして、芝居はもうめちゃくちゃで、えらい騒ぎになってしもたがな」

お勝は笑いながら顚末《てんまつ》を述べたあと、首をかしげてこうつぶやいた。

「そういうたら、あの役者はだれかに似てるような気ィもするけど……」

それを聞いて綾之助はひやっとした。音二郎の芝居を一度覗いたとき、健太にどことなく似ているような気がしたのである。共に押しだしが立派なのに、それでいて妙に書生っぽいところがあった。どっしりと構えているように見えながら、とんでもなく素っとんきょうなことをしでかしそうな感じもある。

しかしながら石井健太はもはや書生ではない。今年の春慶應義塾を無事に卒業して、横浜の貿易商、瀧藤《たきとう》商店に雇われた。互いに仕事の合間を縫っての逢瀬は思うに任せず、それゆえに双方の熱はますます高まっている。

健太の住まいは横浜に移ったが、いまだ聖坂の下宿も引き払ってはいなかった。その下宿は上州人の溜まり場で、健太は後輩の信望が厚く、同郷の父兄からも一目置かれており、卒業後も監督するよう依頼され、持ち前の俠気《おとこぎ》で快く引き受けたらしい。仕事が半ドンになる土曜日に帰京して聖坂の下宿で過ごし、月曜日は新橋駅の始発に乗って出社をしている。

聖坂の下宿にはかつて井上福次郎も住んでいたのだから、綾之助はそこを訪ねるのはさすがに気がひけた。もっとも福次郎はあのあとすぐに慶應義塾を退学し、心機一転、渡米して波士頓《ボストン》の商業学校に留学したのだという。それも傷心のなせるわざかと思えば済まない気もするが、単身で見知らぬ異国に渡ってしまうとは、ああ見えて意外に度胸があったのだと、改めてわが身の不明が恥じられた。

下宿は訪ねなくとも、同宿の後輩とはすでに何度か顔を合わせている。琴平亭に出たときは相三味線の津賀代や小染、小緑といった若手の女義らを伴い、よく芝浦辺で一杯やるが、健太はそこに後輩を引き連れてくる。

「この人は見かけによらぬへビードリンカーで、いくら呑んでもドロンケンにはならん。呑み比べをしても君たちは到底太刀打ちできんだろう」

と健太はのっけに紹介し、流行りの銘酒屋にも案内してくれた。

銘酒屋の壁際には色とりどりの瓶を並べた棚があって、そこから出てくる葡萄酒はともかくも、舌が痺《しび》れるような酒精《スピリッツ》や甘ったるいリキュールなるものにはさすがの綾之助も閉口した。

閉口したのは洋酒ばかりではない。書生たちの会話には西洋語が氾濫し、いくら耳を澄まして聞いても、意味が半分もつかめないのだ。

健太が後輩を激励する文句にも西洋語がたくさん混じっている。

「君らは英語をしっかりと学びたまえ。これからの商売には英語がインヂスペンサーブルだ。英語がしゃべれたら相当のアドバンテイジになる」

という具合だから、ぼんやりとはわかっても、そこに口をはさむことなどまったくできないのがもどかしいし、悔しい。

それでも綾之助は耳憶えがいいほうだから、いくつかの単語はひとりでに習得した。そのことを健太がとても歓んでくれたので、わからない言葉にはますます熱心に耳を傾けるようになった。

「袴は西洋にもあるんだすなあ」

といったときは健太がふしぎそうな顔をした。

「どうしてそう思うんだい？」

「そやかて、皆さんは袴のことをスワルトパーて……」

とたんに健太はゲラゲラ笑いだした。

「ハハハ、袴は座るとパーッと開くからね。だからスワルトパー。饅頭はオストアンデル。こりゃみんな書生の造語さ」

聞いて憤慨も甚《はなは》だしく、それにもまさるおかしさで、綾之助は涙を流して笑いころげたものである。


芝浜館には入るときも出るときも津賀代と一緒で、健太はあとから入って先に出てゆくようにしている。中でそっと部屋を取り替えるのは、だれにも気づかれていないはずだった。にもかかわらず、ある日、旅館を出しなに鋭い視線を感じて振り向くと、鳥打ち帽をかぶった小柄な男が黒塀のそばに立ってじっとこちらを見ていた。頰骨の張ったその男の顔は以前にも見た覚えがあった。

数日して、とうとうその件が記事になると、これまでのように中村福助だの川上音二郎だのといった有名人ではなく、紙面で実名を伏せた素人だから、周囲も世間もアッと驚き、気を揉んで色めき立つのは当然かもしれない。

「ほんまにこんなことがあったんかいな」

と、お勝はいつもよりきつい口調で詰問したが、綾之助はむろん知らぬ存ぜぬの一点張りだ。

健太のほうも名前こそ出なかったけれど、かつて慶應義塾の書生でドウスル連のひとりだったことや、今は横浜の貿易商に勤めることがはっきりと書かれていたので、瀧藤商店でも何かと訊かれたようだった。

　この手の色恋沙汰は、芸人にはよくある話でも、素人にはゆゆしき醜聞だからして、健太が白を切り通したのはいうまでもなく、こうして当面はお互いなんとか無事に乗り切れるかにみえた。

　しかしながら健太がドウスル連のひとりなら、ほかのドウスル連が傍妬《おかや》きをするのは仕方がないともいえる。噂がめぐりめぐって、だれかが健太のことを突き止めたとしてもおかしくはなかった。

　この夜、綾之助は宮松亭の高座にあがり、二階席の最前列に身を置いた健太の姿を久々に見てうれしくなった。人目を忍ぶ逢瀬が難しくなった今、互いにしばらくじいっと目を見交わしたのが仇になったのではないか。

　健太は黒御簾が降りるとすぐに表へ出た。楽屋口に近づいたところでいきなり背後から洋杖《ステツキ》で襲われた。一撃は巧くかわしたものの四、五人に取り囲まれて激しい揉み合いとなり、それを止めようとした車夫らが加わって大乱闘が始まった。見るに見かねた下足番が近所の交番へ注進に及んで、全員が敢《あ》えなく御用と相成ったのである。

　襲った側が目のまわりに青あざを作ったり、歯を折られたりした者が多かったのに、襲われたほうは逆に幸か不幸かほとんど無傷で終わったため、ひと晩交番に留め置かれて申し開きをしなければならなかった。

健太はあくまで綾之助との関わりを否認し、ポリスの問い合わせもなかったため、楽屋ではみな喧嘩沙汰があったのを知ってはいても、よくあるドウスル連のいざこざだと聞き流した。

健太が楽屋に来てくれなかったのは、きっと明日の仕事を控えて早めに帰ろうとしたのだろうが、ずいぶん冷たい仕打ちではないかと、綾之助は恨んでもいたくらいである。

それから二、三日して、宮松亭の楽屋を訪ねた男がいる。男は鳥打ち帽をかぶったまま部屋に押し入り、素早くこちらのそばに来て腰をおろした。

綾之助は例の艶種記者と見て、鏡のほうを向いたままである。

「石井健太という男をご存じですね」

と相手はわりあい丁寧な口調でいって、鏡に映ったこちらの顔をじろじろ見ている。

「はあ……どなたさんのことですやろ……」

綾之助は表情を少しも崩さずにとぼけた返事をした。

「ほう、ご存じございませんか。先日ここで大暴れをした男でしてねえ。なんでもあなたの情人《いろ》だと疑われて、楽屋口あたりで襲われたらしい。当人は無事だったが、逆に相手にけがを負わせたから、交番にひと晩留め置かれたそうで。とうとう瀧藤商店をお払い箱になりましたよ」

アッと声が出そうになるのを堪《こら》えて、綾之助は鏡台の脇に置いた化粧刷毛《けしょうばけ》を素早く手にする。顔にあてて上下左右に大きく動かしながら白粉をふんだんに塗り、必死で表情を悟られまいとした。

「へえ、それはお気の毒なことですなあ」

声を操るのはお手のものだから微塵《みじん》も隙をみせない淡々とした口ぶりで、相手もさすがに退散するしかないとみたらしい。

「フフフ、だれかさんのおかげで酷《ひど》い目に遭ったもんですよ。が、まあ、そんなくだらん素人の話は記事にもなりませんから、安心しておいでなさい」

と捨てゼリフを聞かせて出ていった。

綾之助はその後ろ姿に思わず刷毛をぶつけそうになるほど、全身で怒りにふるえていた。一体だれのおかげや、元はといえばあんたがくだらん記事を書いたからやないかっ、と胸中でさんざん吠えまくるも、さらに強い自責の念が込みあげ眼から大粒の涙となってどっと噴きだしてくる。

せっかく塗った白粉が剝げないように涙を拭うのは苦労した。今日がこの寄席の千秋楽で、鶴仙亭の夜席が開くまで、明日から少し休めることだけが救いだった。

男の下宿を訪ねるのはこれが初めてだった。この時代にはまだ珍しい、何人かが共に住む二階建ての大きな下宿で所番地は前に聞いておいたから、先に車夫の善公に場所をしっかり突き止めさせた上でここに来ている。

今やお米ばかりでなく善公も味方をしてくれるのは、先日の喧嘩騒ぎに自ら加わって、石井健太がこちらに迷惑をかけないで罪を一身に引き受けた侠気を知るからだろう。

「いやあ、てえしたもんだ。あの腕っ節《ぶし》ならどこでも用心棒がつとまりますぜ」

と妙な賞め方までしている。

わりあい広い玄関でバッタリ出くわしたのは幸い顔見知りの書生だが、さすがにびっくりした表情で、「先輩、先輩っ」と叫びながらあわてて二階へ駆け昇っていった。

二階廊下の突き当たりの戸が開いて、中から顔を出した相手は短く刈った頭をかきながら、

「やあ、面目ない。心配をかけてしまったようだなあ」

第一声は拍子抜けするほど明るかった。

男の独り住まいを突然襲ったにしては、足の踏み場どころか座る場所もちゃんとあるのは助かったにせよ、壁際にはまだ荷解きをされない箱がどんと積まれている。本棚は空っぽで、文机の上に何冊か積んであるだけだから、健太はどうやらここにも長居をする気はなさそうだ。郷里に引き揚げる気かもしれないと思えば、ますます何をいっていいやらわからなくなった。

ふと目に留まったのは窓辺に飾った鳥籠で、これまたあまりに意外なもののため、綾之助の心はおのずとそちらに吸い寄せられた。

「まあ、可愛《かい》らしいもんがいてるわ」

と笑いながら近づいて、アッと驚いてしまう。

「その鳥はブリキでこしらえた、おもちゃだよ」

「おもちゃ……」

啞然として相手の目を見れば、

「ほら、こうするんだ」

と鳥籠を手に持って何やらギリギリいわせると、中の雀が両翼を広げてピーピーとさえずりだすから仰天した。

「へええ、面白いもんですなあ……」

綾之助はしばし鳥の動きに見入ったが、この人はこんな暢気《のんき》なことでいいのだろうかと急に不安になる。

相手を見ればまた赤い亀の形をしたおもちゃを手にして、甲羅の真ん中にある糸を引いた。すると亀は左右の足を小刻みに動かしながらカタカタと陽に灼《や》けた畳の上を滑っていった。

健太は少年のような目でじっと亀の動きを追った。少年ならともかく、職を失った大の男がすることとは思えない。やけを起こして気が変にでもなったのだろうかと、綾之助はますます不安でたまらなくなる。

「これから、どうなさるおつもりですか」

思いきって声をかけたが返事はない。亀をつかまえ、また糸を引いて転がすばかりだ。

「遊んでんと、答えとォくれやす」

声がきつい調子になり、相手はようやくこちらを振り向いてくれた。きれいな二重まぶたの眼がぱっちりと開いてこちらを見ている。

「君は子どものころ、どんな遊びをしてた？」

唐突な質問で、とっさに答えるしかない。

「へえ、そら、木登りとか、竹馬とか、石投げとか……」

「アハハハ、それじゃまるで僕と一緒じゃないか。変わった女だとは思っていたが、そりゃァ根っからの変わりもんだぜ」

男にげらげら笑われて、綾之助は大阪で過ごした懐かしい日々が鮮やかに想いだされた。

「近ごろの男の子は戦争ごっこが大好きだという。鉄砲とかサーベルとか、進軍ラッパのおもちゃが大流行りだそうだ」

「はあ……それが何か……」

「先年の清国《シナ》との戦争で勝ったから、日本は今や世界の人に知られる国となった。しかし国を富ませ、強くするのは戦争ではない。商いを盛んにするほうがもっと肝腎だ。三田の拝金教とか悪口をいわれるが、それが僕ら慶應義塾の同志の考え方でね。日本の品を輸出して、外国から金を稼ぐことが、役人や軍人になるよりも、国家に尽くせる道だ。僕はそう信じて、横浜の貿易商に勤めたんだよ」

綾之助はじっとうつむいている。志ある男の前途を台無しにした身としては、なんと詫びてよいやらわからなかった。

「僕はこれを機に、米国へ渡ってみるつもりだ」

「……メリケン国へおいでになるんですか……」

ずいぶん思いきった話に綾之助は度肝を抜かれた。やっぱりこの人はただ者ではないという気がする。

「井上福次郎君、憶えてるだろ？」

「はあ、そらもう……」

いわば結びの神ともいえる相手だし、傷つけたことは忘れようとしても忘れられるものではなかった。

「彼は波士噸《ボストン》の商学校を出て、今は向こうで仕事をしている。いいやつでねえ。過去のことはもうすっかり水に流して、僕にも一度来るよう、しきりに勧めてたんだ。向こうにいる日本人はまだ少ないからえらく重宝されるし、何か向こうで売れそうな品物を持って行けば、たちまちひと旗もふた旗も揚げられるといってね」

男たちの友情は女が手の届かないところにあるようだった。綾之助はそれがなんとも淋しく感じられた。自分は女友だちになろうとした相手を手酷く裏切るかたちになったことが想いだされた。自分はこの相手を引き留める方途もなければ、資格もないと思うばかりだ。

つまるところ世界は男たちのためにあるのだった。女の自分はどんなに頑張ってもそこから閉めだされてしまう。むしろ今度のように男の邪魔をしてしまうことにもなる。綾之助はそれが悔しくて、哀しくてたまらなかった。

「日本は日清戦争で名を挙げたから、農商務省がここぞとばかりに在外の領事館を通じて欧米の陳列館にも日本の品を置くよう交渉した。向こうの商人は陳列館に並んだ各国の品々を見て、気に入ったものを直に買い付けるという寸法さ。そしたら英国でも米国でも、一番人気が高かったのはなんだと思う？　そりゃ日本のおもちゃなんだよ」

健太の目はあくまで遠いところを見ていた。

「はあ、それで……」

「そう、なにしろ日本人は手先が器用だから、いいおもちゃが作れる。この機械の亀の子なんてのが、向こうでよく売れてるそうだ。見かけはちゃちでも、動くところがいいらしい。近年、独逸《ドイツ》あたりじゃ動くおもちゃをいろいろと発明工夫して、米国の子どものあいだで大変な人気だと聞く。日本でも輸入したのをもとにして、長田留吉という職人がこうしたみごとな籠の鳥を作りあげた。こりゃブリキを使ってる。ブリキは輸入した石油缶を切って作るんだ。だからそう大きなものはできんが、輸入が巧く輸出と結びついて無駄がない」

男は熱っぽく語っており、女は意味があまりよくわからないままに少年のような眼を見つめている。

「子どもの遊び道具だといって、馬鹿にはできんよ」

と男は力説する。

「子どもはいずれ大人になる。そうだろ」

ああ、この男《ひと》は子どもが好きなんだ、と女は勝手に解釈する。

男は少年のように勝手に夢を語りつづけている。

「子どものうちに、おもちゃで日本国を知れば、きっと大人になっても日本国に親しみを覚えてくれるはずだ。ああ、そうして世界中の子どもたちが異国に親しみを覚えたら、人はもう戦争なんざしなくて済むようになるんだがねえ……」

ふいに、この男の子どもを産んでみたい、と女は思う。

籠の鳥を見て、自らの遠い子どもの日々がまざまざと蘇ってくる。

「せっかく渡米するなら、僕は何か新たに工夫したおもちゃを持って行きたいと思った。玩具職人の知り合いがいるから、頼めばなんとか工夫してこしらえてくれるだろうが、肝腎なのは、まずどんなおもちゃにするかだ。工夫するにも、何かいい思いつきがなきゃいかん。それでずっと思案してるんだが、ハハハ、なかなかそういい知恵は浮かばんもんさ」

綾之助は鳥籠に触れながらぽつりといった。

「こんなもんやったら、昔よう見てました」

「昔よく見てた……大阪でかい？」

健太が大きな瞬きをしながらがぜんこちらを振り向いた。

「へえ。大阪には昔から竹田のカラクリ人形いうもんがあって……」

眼のぎょろっとした新助老人の顔がまぶたに浮かんだ。

老人は綾之助の評判をいつもわが孫のことのように慶んで聞いたり話したりしていたとい

うが、如何せん上京は果たせず、こちらも帰阪して再会はできないまま、先年ついに亡くなった報《しら》せがもたらされていた。

「そうや、字を書く人形がいて、フフフ、あんまりふしぎやったさかい何度も弄《いじ》ってたら、とうとう壊してしもて」

「字を書く人形……それがどんな仕掛けだったのか、君は知ってるのかい？」

相手はこちらの顔をまじまじと見ている。

「へえ、壊すくらい弄ってたくらいやから、よう憶えてます」

綾之助の物覚えがいいのは生まれつきで、だから浄瑠璃も無本で語れるし、一度聞けばフシもすぐ耳に入ってしまうのだ。

「たしかあれは、人形やのうて、台のほうに仕掛けがあったんや。文字をくりぬいた台に糸を通して、筆の先と結びつけてあったはずです。これやったら、どんな字ィでも絵ェでもかけると思いました。人形はゼンマイ仕掛けで手が巧いこと動くようになってたけど、肝腎なんは台の仕掛けやと気づいたんですわ」

「なるほど、絵が描けるなら、そりゃ使える。知り合いの職人に話してさっそく作らせてみよう。いやはや、凄いよ。ハハハ、僕が独りで寝ずに考えても解けなかった難問を、君はアッという間に答えちまうんだからな」

健太は本当にうれしそうな顔をしていた。

「うちの話が、何かお役に立ちそうですか……」

「ああ、立つとも。ちゃんと役に立ててみせるさ」

「ほんまに、ほんまに……女子《おなご》のうちがいうことでも、お役に立つんですなあ」

綾之助はかあっと全身が熱くなり、涙ぐむほどの歓びを感じたが、なぜこれほどうれしいのかは自分でもよくわからなかった。

「それにしてもカラクリ人形を弄りすぎて壊すなんて、女の子のやることとは思えんよ。ハハハ、君はやっぱり変わりもんだ。僕も相当の変わりもんだから、君に惚れたのかもしれん」

石井健太はこちらの袖を手繰《たぐ》り寄せながら笑っている。無邪気に笑う男の顔はまさに少年のようで、女はそれを見て少女の昔を懐かしんだ。

思えば新助老人の家へカラクリ人形を見に行って、そこで浄瑠璃を聞き覚えたのがすべての始まりだったのだ。あれから十年たって、事がこんなふうに転がるとはだれが想っただろうか。

人間生きてて何ひとつ無駄なことはあらへん。

お勝の口癖を、綾之助は今ようやく身にしみてわかる日が来たのであった。

別れは会うの始まり

横浜の波止場で船に乗り込む寸前に石井健太はいった。

「会うは別れの始めというが、この別れは僕らの始まりだ。戻ったらかならず迎えに行く」

思いのほかよくできたブリキの絵かき人形を取りだして見せながら、そういったのだ。

しかし綾之助はそんな約束を素直に信じるほど世間知らずではないつもりでいた。

健太の実家は安中の地主で、いずれ分けてもらえるはずの田畑を金に換えて、渡航の費用とおもちゃ作りにあてたと聞いた。向こうでかりに成功して戻ったとしても、縁談となれば国元が黙ってはおるまい。去る者日々に疎《うと》しで、健太自身が心変わりをしない保証はどこにもなかった。

月に一度は船便で手紙が来るが、それとても異国で暮らすつれづれの侘びしさが筆を執らせるのにすぎないのではあるまいか。向こうでの暮らしぶりが面白おかしく書かれていれば、もうこちらへは戻ってこないような気さえする。

自身は相変わらずあわただしい日々だった。東京市中の寄席を駆けずりまわるばかりか、綾之助一座で初めて関西に巡業もした。

この間、綾之助に負けず劣らず世の中もめまぐるしく変わっている。故郷に錦を飾るにも、急行列車で新橋駅を早朝に発てば、その日のうちに大阪駅にたどり着いた。ふたたび上京するにも、牛と一緒の汽船で丸二日揺られなくても済んだのである。

東海道線が全通したのはずいぶん前で、石山家の人びとは早くに上京して、評判の綾之助人気を自らの目で確かめていた。

久しく会わなかった実の両親や兄弟との対面に、綾之助の心は多少ともなごんだが、お勝は掌中の玉を今さら奪い返されてたまるものかというような雰囲気を露骨に感じさせた。それで居心地が悪かったのだろう、一族の大方がはやばやと引き揚げてしまい、お勝の妹で同じく後家となっていた叔母だけがこちらに残って何かとお勝の手伝いをさせられている。

やり手のお勝は近ごろ藤園堂と名づけた売薬店を開業して、綾之助が使う紅や白粉の類を若い女の贔屓に売ったりもしている。一体どこまで稼ぐつもりかという陰口も聞かれたが、綾之助自身は我利我利《がりがり》亡者《もうじや》の養母に取りつかれた気の毒な芸人として、むしろ周囲や世間から同情され、非難はお勝が一身に浴びるかっこうだった。

二十歳を過ぎてから、そのお勝がますます口やかましくなった。

「あての目の黒いうちに藤田家の跡取りを迎えてくれな、死んでも死にきれまへんがな」

というのが近ごろの口癖だ。

女義の仲間はたいてい懇《ねんご》ろな仲の男がひとりやふたりはいるようだった。贔屓の旦那もいれば、ドウスル連と親しくなるのもいて、中には見台や三味線箱を運ぶ箱屋とできたり、車夫とわりない仲だという噂もある。男女を問わず芸人に身持ちが堅いのは稀なようで、だからこそ健太との仲にも力を貸してくれたし、多くが見て見ぬふりをしたのだろう。

いっぽうで綾之助は贔屓のお座敷に召ばれて、遊び半分で口説かれたりしたら、

「へえ、おおけに。旦那様のお気持ちだけはありがたく頂戴いたしますが、この子はうちの大切な跡取り娘で、婿養子に迎えるお方以外には、指一本触れてもろても困るんだすわ」

なぞとお勝が決めつけるので、ほかの男をまるで知らずに済んだ。

おまけにお勝はしっかり貯め込んでくれたので、幸い借金がないどころか、男に貢がれなくても十分な暮らしができるのだった。

けれど、ひとたび男を知れば、時に孤閨の切なさが堪えられなくなる。

健太との仲を打ち明けたとき、津賀代は笑ってこういったものだ。

「ああ、それであたしも安心しました。師匠は男嫌いなんだろうかって、皆で心配してたんですよ。ホホホ、あんなに可愛らしい顔して男を知らずにいるなんて、勿体ないわねえ、なんてね」

津賀代をはじめ一座の者はほとんどが年上だから、綾之助を「師匠、師匠」と呼んで立ててはいても、同じ女としては頼りなく思うにちがいない。

なんとなく淋しそうに見えれば心配もして、

「師匠がおいでになるような店じゃござんせんが、たまにはご一緒しませんか」

と、今宵は津賀代が気晴らしに誘ってくれた。

案内された居酒屋にはすでに先客が大勢いて、縄のれんをくぐったら、いきなりウォーという歓声があがった。

「おお、本当に綾照大女神様《アヤテラスオオメガミ》がお出ましになったぞ」

「ああ、僕はまるで夢を見てるようだ」

天井からぶら下がったランプで照らされた客の大半は偽《いかもの》薩摩の絣に膝の抜けた小倉の袴をはく貧乏な書生たちである。こうしたドウスル連のたまり場に綾之助が足を踏み入れたことはついぞなかったから、若い男たちの昂奮と熱気はただならぬものがある。

先に店にいた女義の仲間も大いに歓迎してくれた。

ぽっちゃりして愛嬌のある三味線弾きの鐘枡《かねます》や、ひょうきんな顔と陽気な声で日ごろ楽屋を賑わしている氏七《うじしち》や、いつも気張った顔で見台を激しく叩きたてる鹿の子《かのこ》や、太肉《ふとりじし》でいつもぜいぜいいいながら高座を降りてくる清吉も皆うれしそうな顔で、楽屋のような遠慮はだれもしなかった。

「ほら駆けつけ三杯。お前さんはこう見えてウワバミなんだから、ぐぐっとおやりよ」

と氏七に茶碗酒を差しだされて口をつけようとすると、ドウスル連の男たちがどっとどよめいている。

「なんと綾姫様はお酒《みき》をきこし召すんだ……」

だれかふしぎそうにつぶやいて、綾之助がいっきに呑み干すと、またワーッと歓声があがる。

「ああ、チクショー、あの茶碗がうらやましい」

と、一同を笑わせる者もいた。

綾之助が茶碗酒を重ねると無礼講は盛りあがるいっぽうで、騒ぎはとどまるところを知らなかった。氏七はそこらじゅうで書生を笑わせ、鐘枡は「なんちゃァないけに、もっと綾ちゃんのそばに寄って、ちくとよう見やんせ」と珍しくお国訛りを聞かせて同郷の書生を焚きつけた。鹿の子は書生の背中を見台のようにバンバンと叩いて、綾之助の前に押しだした。

清吉はこれもお国訛り丸出しで綾之助のほうを焚きつける。

「おみゃーさんも昔の男は早う忘れて、こん中からまたええ男を見つけりゃあええがな」

綾之助は本気でハメをはずしたくなった。

書生たちはむくつけき男もいれば、そこそこの二枚目もいた。いずれも貧しい粗野な身なりだが、将来を約束された自信に満ちて、無邪気な目をした男児であるのは健太と少しも変わらなかった。以前は怖かったドウスル連の男たちが今はみな可愛らしく見えてしまう。

男はこの世に健太ひとりではあるまいし、向こうだってきっと異国の空で大いに羽根を伸ばしているにちがいない。帰朝しても、きっと国元で堅気の花嫁を迎えてしまうだろう。

ああ、もう、どうとでもなれ。なるようにしかならない……。

綾之助は浴びるほどに酒を呑んだが、それは水練に長けた者が川に飛び込んだのと一緒で、ついに溺れることはなく、男たちの多くが先に潰れてしまった。

楽屋口で急にざわめきが大きくなり、一座のだれかが草履をパタパタいわせてこちらにすっ飛んでくるのがのれん越しに見える。背後には黒の革靴と茶色いズボンの裾がちらちらするが、ここ銀座の鶴仙亭は洋装の客も珍しくはないし、どうせ気障《きざ》な手合いだろうから、綾之助は鏡台に向かったままだ。

「やあ、お久しぶり」

との声に振り向いて、腰を抜かしそうになる。

「ハハハ、どうした。幽霊でも見たようじゃないか」

男の声はやけに落ち着いているのが腹立たしい。

「よくぞ、ご無事で……」

じわじわと目頭に溜まるのは、うれし涙というより悔し涙というべきかもしれない。

それにしてもどうだろう。石井健太はまるで見ちがえるようではないか。茶色い三つ揃いの洋服に、伸ばした髪は撫でつけにして、口髭までたくわえているから、よく似た別人に等しい。狐に化かされた面もちで、綾之助は次にいう言葉が見つからず、代わってお勝が口を出す。

「へえ、どなたさんでございまっしゃろ」

「昔からの贔屓で、石井健太と申します」

男はまったくの初対面のような挨拶をした。

「まあ、それは、それは。どうぞあがってお座りを」

お勝がにこにこしながら座布団を勧めるのは、自分の贔屓する川上音二郎に健太がますます似てきたからかもしれない。

「以前、お宅にも一度伺ったことがあるが、あれから引っ越しはなさいませんか？」

と訊かれると、首をかしげながらも愛想のいい返事をした。

「へえ、そうでござりましたか。ちっとも気づきませんでご無礼をいたしました。家《うち》はずっと代地河岸にございますが……」

「なら今度またそちらに伺って、ゆっくりお話するとしましょう。今日はこれにて失敬」

男はのれん口でくるりと踵《きびす》を返して、鮮やかに立ち去った。女は呆然と見送りながら、男のつれない仕打ちを恨んだ。

女がどれほどの思いで待って、待って、待ちくたびれていたかを、男は気づきもしないようだった。悔し涙がはらりとこぼれそうになったところで、津賀代があわてて懐から結び紙を取りだし、そっと鏡台の端に置く。そこには相変わらずの金釘《かなくぎ》流で、落ち合う先が記してあった。

この夜、女は男の腕に抱かれ、乳房にざらっとした髭を感じて、生娘のような声をあげた。しばしの別れが新たな恋の始まりとなり、男は熱い血潮を滾《たぎ》らせてしゃにむに押し入った。女を火照らせて、もう二度と離れられなくなるように、強いくさびを何度も打ち込んだ。

男はなおも夢中になっておもちゃを弄る少年のように振る舞うから、浴びるほどの酒を呑んでも溺れなかった女はすっかり酩酊し、腰くだけとなり、ついには起きあがるのもままならなくなった。すると男は女のそばに寝そべって、平然と高いびきをあげる。女は悔しさでいっぱいになり、男を抓《つね》り、あちこちをくすぐって男を責め立てる。

「すまん、もう許してくれ」と男が音をあげるまで、女は容赦しなかった。


石井健太が綾之助の自宅に姿を見せたのは帰朝して半年後のことである。

ブリキの絵かき人形が井上福次郎の助力でめでたく売り込みに成功すると、米国での販売は福次郎に任せるかたちで健太は思いのほか早く帰朝し、新橋に「石井商店」を構えていた。人を雇って、仕事がなんとか軌道に乗ったところで、郷里に赴いて親を説得したらしい。準備万端整えたところでようやく正式に訪問したのだった。

手みやげに異国の珍しい品々を見せられて、お勝はとてもご機嫌だった。渡米の経験を健太は面白おかしく語って聞かせ、歓談はいつ果てるとも知れなかったが、懐中時計を取りだして、ほうっとひとつ大きなため息をつくと、急に改まった口調になる。

「今日お訪ねしたのはほかでもない。綾之助君との仲を母上にお許し願おうと存じました」

両手を膝に置いてしっかりと頭を下げ、それは堂々とした挨拶だった。

「正直に申しますと、これまで内々に会っておりましたが、今後は母上にきちんとお認めいただくまで、会わぬつもりでおります」

まっすぐにいうところが、いかにも男らしく聞こえた。

お勝は斜眼で一瞬じろりと相手をにらんだが、口もとの笑みは絶やさなかった。

「へえ、こんな気のきつい、わがままな娘を愛しう思うてくださる殿方なぞめったにおいでにはなりますまい。そのお話ありがとうに聞かせてもらいました」

お勝にしては拍子抜けするほどの甘い返事に、綾之助は何やら一抹の不安を覚えるが、健太は存外素直に受け取ったらしい。

「ああ、これで僕もほっとしたよ」

うれしそうにこちらを見て笑いかけたら、お勝がぼそっとつぶやいた。

「藤田の家もこれでやっと婿養子が迎えられて、ほんまにめでたいこっちゃ」

「婿養子？　……僕は何も婿養子になるといった覚えは……」

「へえ、そういう話とちがいますのか？」

お勝はとぼけたふうにいった。

「僕は石井商店のあるじとして、綾之助君を妻に迎えたいと申しております」

「ああ、そら、あかんわ。この子はうちの大切《だいじ》な跡取り娘でっさかい、婿養子になれんというなら、お話はなかったことにいたしましょ。さっさと去《い》んでくださりませ」

「お母ちゃん、なんちゅういい方を……」

綾之助は、してやられた、という思いだが、健太は呆然とした顔で立ちあがっている。

「仕方がない。今日のところは失礼をする」

と、綾之助の動きを目で抑えて速やかに玄関へ向かった。


この夜、母子は口で真剣な果たし合いをした。

「お母ちゃんは藤田の家、藤田の家いうけど、藤田の家が一体なんぼのもんやっ」

と綾之助は積年の憤懣をぶつけた。

昔はわずかでも財産らしきものがあり、それで自分は養われ、東京にも出てこられて今の道が拓《ひら》けたのはたしかだ。けれど今やもう自分の稼ぎで母と家人を養うのではないかという思いが、口には出さねど表情にあふれている。

「フン、えらそうな顔してたかて、あんたは紛れもないうちの子ォや。あての許しがないかぎり、表立って祝言はでけまへんで」

お勝は相変わらずの憎まれ口をきいた。

「うちは何も世間晴れて立派な祝言を挙げたいなんてちっとも思てへん。ただ健太さんとの仲を、お母ちゃんにだけは、ちゃんと認めてほしいのや」

「それやったら、今のままでもよろしがな」

といわれて綾之助は一瞬ぽかんとする。

「あてが知らんとでも思てたか。娘にあれだけしょっちゅう家をあけられて、気づかんでどうする。そんな鈍くさい母親とはちがいまっせ」

みごとに一本取られたかたちで綾之助はうなだれた。相手を甘くみすぎたようだが、

「それやったら、今になって、なんで健太さんを追い返したりしたん？」

と問わずにはいられなかった。

「あのお人は石井商店とやらのあるじとして、あんたを妻に迎えたいのやなあ？」

「ああ、そうや」

「つまり、あんたは石井商店の女あるじになるわけや。そしたら竹本綾之助は一体どないなりますねん」

「それは……」

まだ何もきちんと考えてなかったことに、綾之助はようやく気づいた。

「あんたは好きな浄瑠璃を人前で語りたいと自分でいうた。好きなことがしたいというて、あてが諫《と》めるのも聞かんと、女義になったんとちがうんか」

相手はがぜん厳しい口調で、斜眼がまともにこちらをにらみつけている。

「浄瑠璃を人前で語れんようになっても、ほんまにええんやな」

と念を押すようにいう。

「ほんまいうたら淋しいけど……そら仕方がない思てる」

綾之助は開き直ったように淋しい笑顔を見せた。とたんにお勝の腕が伸びてピシャリと平手打ちを喰らわした。

「痛いっ、何すんの」

子どものころはよく浄瑠璃の稽古でぶたれたが、こんなに怖い顔をした母を見るのは初めてだった。何やら尋常でないおかしな表情をしていて、ただ怒っているだけではなく、どこか躰の具合が悪そうにも見える。

「ああ、あんたはまだまだ子どもやなあ。そんなことでは、あては安心してあの世へ逝けまへんがな」

縁起でもない言い方をして首を振りながらまぶたを閉じたお勝の顔は、古びた雁皮紙《がんぴし》のように光沢《つや》を喪って、しわだらけだった。

「あっさり辞めたら済むつもりかもしれんけど、あんたはもう、ひとりやないんやで。大勢の者《もん》の暮らしがあんたの肩にかかってる。それを考えてみたことがあるのか？」

「心配せんかて、お母ちゃんに不自由はかけへん。気兼ねせんと楽に暮らせるようにしたげます。今うちにいてる者も雇えるだけの甲斐性が、健太さんにはちゃんとあります」

「どアホッ、そんなことというてんのとちがうがなっ」

怒鳴り声がまたびっくりするほど激しくて、お勝の丸まった背中は小刻みにふるえている。

「津賀代さんのことはどうしますのや。津賀代さんだけやない。あんたが辞めたら、一座の皆さんはどないしたらええんや」

綾之助はハッと胸をつかれた。相三味線の津賀代をはじめ一座の者はだれもが健太の帰朝を祝福してくれた。けれど自分が女義を辞めて嫁いでしまうと知ったらどう思うだろうか。

「あんたがおらんようになったら、一座の者は皆どないして喰うていきますのや」

その声は一の弦《いと》のようにズシンと胸に響いた。

八重歯が覗いた津賀代の顔、ぽっちゃりした鐘枡の顔、鼻の穴を広げた氏七の顔、あごの張った鹿の子の顔、汗をびっしょりかいた清吉の顔、さまざまな顔がまぶたを賑わして胸を強くしめつけてくる。

「女子《おなご》が好きな道で生きていくのは並大抵のこっちゃない。皆それでもよう気張ってやったはるやないか。あてはてんから女芸人を馬鹿にしてましたけどなあ。皆あんたと同じで、好きな道で苦労する、けなげな子ォばっかりやとわかってからは、皆が愛しうてならんようになった」

しみじみとした声には母の情がしっかりとこもっていた。

「ええか、お園、男にしろ女子にしろ、好きな道で生きよと思ても、なかなかそうはでけんのが浮世の義理や。かりにでけたとしても、それとひき替えに山ほど嫌な目に遭うて、侘びしい一生を送らなあかん者《もん》がほとんどなんとちがうか。

あんたほど恵まれた者はこの世にめったとない。あんたはそのことがほんまにありがたいと思う気持ちを、どこかに置き忘れてきたんとちがうか」

このわずか十余年のあいだでも、自らを見舞った幾多の幸運と、他人を襲った幾多の不幸を顧みずにいられなかった。姉様人形のような可愛らしい顔で駒鳥のように美しい声をしたあの住之助は、もう生きてすらいないのである。

「竹本綾之助というたら、若い身空で、今や東京中はおろか日本中でも知らん者はおらん立派な女芸人や。畏《おそ》れ多くも宮家のお出入りまでお許しを願うやなんて、あては夢にも思わなんだ。それもこれも、あんたが好きな浄瑠璃に一心を込めて精進をしたおかげや。あんたのような果報者《かほうもん》を娘に持てて、あてはほんまに幸せやったと思てます」

お勝の声は気味が悪いくらいやさしげで、顔も奇妙に歪んで、ぎこちない笑みが浮かんでいる。綾之助はこんなふうにいわれたのも初めてだから、少し気味が悪いくらいだけれど、もうさすがに反発はできなかった。

「ああ、いいたいことというたら、疲れてしもた」

お勝は急に話を打ち切って、その場にごろんと身を横たえている。仰向きの姿勢で、たちまち説教ならぬ高いびきを聞かせだしたから娘はあきれるほかない。

「ほんまに勝手なお母ちゃんやなあ……」

そういいながら、綾之助は自らの身勝手さを思わずにはいられなかった。

だれに強いられたわけでもない、自身が親に逆らって芸に生きる道を選んだのだ。

心配された通りの危うい道を、なんとかここまで無事に歩んで来られたのは、陰になり、日向になり、常に自分を守ってくれたこの母親のおかげではないか。

お勝が「取り消し屋」にならなければ、もっともっと新聞記者の餌食《えじき》にされただろうし、あの五厘騒動でも、お勝が諫《と》めなければ、自分は住之助と同様の運命に見舞われたのかもしれなかった。

お勝が一身に悪者を引き受けてくれるからこそ、自分は周囲の風当たりを免れている。お勝ばかりではない、自分は多くの人に見守られてここまで無事に歩んできた。芸を教えてくれた人、贔屓をしてくれた人、相三味線をはじめ一座の仲間や寄席の人びと。それらすべての人たちに義理を欠いて、娘が人の道からはずれることを母は恐れているのだった。

自分は本当に嫁いでしまっていいのだろうか。

いや、果たして本当に芸の道を捨てられるのだろうか……。

恋はいつも浄瑠璃の中で成就した。夫も、わが子も浄瑠璃の中に住んでいる。自分には、そちらのほうが本当で、現実は幻なのではなかろうか。

浄瑠璃という足場を喪えば、自分は宙に放りだされて何もつかめずに落ちてしまうのではないか。健太が巧く抱きかかえてくれると信じたい。けれど、それも幻だったらどうしよう。

綾之助は浄瑠璃の中で人の生死を何度も繰り返した。人はどれほど傷つき、斃《たお》れても、次の高座にあがれば、またいきいきと蘇ってくるのだった。

浄瑠璃の中では高貴な姫となり、立派な英雄となれても、現実にもどれば何も知らない、何もできない小娘だ。それでも健太は自分を見捨てずにいてくれるのだろうか……。

こうした不安を正直に話せるのは、やはりお勝しかいなかった。なんだかんだいっても、お勝はこの世にたったひとりしかいない自分の大切《だいじ》な母親なのだ。

る。

「なあ、お母ちゃん、起きてんか。もういっぺんちゃんと話したいことがあるねん」

声をかけても返事はなく、相変わらずお勝はゴウゴウと怖いほどの高いびきを聞かせてい

る。

「寝るんやったら蒲団に入ってえな。こんなとこで風邪ひいたらどないするの」

大声で怒鳴っても、いっかな目を開けようとはしなかった。

「お母ちゃん、ええ加減にしよし」

躰を強く揺すぶりながら、綾之助は急に恐ろしくなった。

「うちお母ちゃんに話したいことがまだいっぱいあるねん。頼むさかい、目ェ覚まして、お母ちゃん、なあ、お母ちゃん」

娘が声をかぎりに叫んでも、むしゃぶりついても、母はもはや永遠《とわ》の眠りから目覚めることはなかった。

星と輝き花と咲き

きのうの四十九日を無事に済ませたあと、仏壇の前でこの男とこうして面と向かうのは故人のお導きだろうか。昔と変わらずきっちり七三分けにした髪は半ば白くなって、思えばこの男もずいぶん年を取ったものだ。

「近久さん、ご苦労をかけましたなあ。改めてお礼を申します」

両手をついて尋常に頭を下げれば、相手も黙って静かに首《こうべ》を垂れた。

お勝が卒中であっけなく逝って、綾之助は自分でも戸惑うくらいにうろたえた。しばらくは他人と長く話すこともできず、話している最中にぽろぽろと涙があふれだすので、相手までうろたえさせるはめになった。むろん健太は心の支えとなってくれたが、いっぽうでは、この男を何かと頼りにしなくてはならなかったのだ。

葬儀から法事まで、芸界の不祝儀は祝儀にまさって段取りや手配が難しく、この男がいなければとても乗り切れなかっただろう。諸事万端を取り仕切って、何もかも巧く捌《さば》いてくれたことには、いくら礼をいってもいい足りない気がする。

しかし、今はもっといわなくてはならない大切な話があるのだった。

お勝が倒れたとき、自分はひどく迷っていた。相談したい相手を急に喪って、今はもう何を話そうとしていたのかも想いだせないくらい、大きな出来事がわが身に押し寄せている。

綾之助はお腹《なか》にそっと手をあてた。ここには今や浄瑠璃の中ではない、本物のわが子が宿っているはずだ。四十九日にして躰の異変に気づいたのだから、まるでお勝の生まれ変わりのようだ。お勝が自分を守ってくれたように、自分もこの子をなんとしても守り通したい。

「人間生きてて何ひとつ無駄なことはあらへん」が口癖だった女の生まれ変わりを、それこそ無駄にするわけにはいかなかった。

仏壇にしっかりと手を合わせてから、綾之助はふたたび向き直って静かに口をきる。

「なあ、近久さん、うちはもう今月いっぱいで退《ひ》かせてもらうわ」

「へええ、さすがに師匠だ。三味線を習いはじめたのはたしか去年のはずだが、四十九日があいだはチンとも鳴らさず、それでいてもう弾き語りをなさるとはてえしたもんだ。物覚えがいい方は、やっぱりちがいますねえ」

「その弾くとはちがいます。高座を退きたいのや」

近久はくりっとした眼を大きくまわしてこちらをじっと見つめ、だんだん顔がこわばってゆく。

「冗談じゃねえ。お前さん、自分のいってることがおわかりですかい」

丸い眼を角張らせて唇を鋭く尖らす相手に、綾之助は黙ってうなずくばかりだ。

「ねえ、師匠、いや、お園ちゃんと呼ばせてもらいますよ。お袋さんが急に亡くなったんで、お前さん気弱になってそんなことをいいだすんだろうが、あっしはこれまで通り、いや、これまで以上に気を遣って、決して寄席でほかの女義さんに引けを取らせるような真似はいたしませんから、安心して高座をお務めくださいましな」

「近久さんのご親切は痛み入ります。けど、これはもう決めたことなんや」

綾之助は自身が悪者になる覚悟で実にそっけなくいった。お勝が亡くなった今は、いかにいいにくい話でも、自分の口からしっかりいうしかないのである。

「決めたって、一体だれと？」

「わたしが独りで決めたことや。高座を退いて、わたしは石井健太という男の元へ縁づくことに決めました」

近久の顔はみるみる真っ赤になった。唇が大きく歪み、声は甲高くふるえた。

「チクショー、男とグルになって、あっしを追い払おうてェ魂胆かい。太棹で尻をしこたま突かれりゃ女は弱えや。義理も法もあったもんじゃねえなあっ」

「何をアホなことを。汚らわしい言い方はせんといて。近久さん、あんたどうかしてるえ」

眼にうっすら涙まで浮かべて取り乱した相手に、綾之助は困惑した。

が、これは当然予期された成りゆきかもしれない。

思えば近久は、ただ芸人につきまとって甘い汁を吸う男ではなかった。綾之助の天分を最初に見抜いて、それを必死に世間へ売り込んだのだ。席亭と駆け引きして別格扱いにさせ、給金を吊りあげ、贔屓に貢がせ、竹本綾之助の名を貴顕紳士に知らしめて、苦労知らずの芸人稼業を送らせてくれた相手なのだ。

あげく時には箱屋のような真似までして、まめに世話してくれたのは一体なぜなのか。それはほかならぬ綾之助にぞっこん惚れて、惚れて、惚れ抜いたからではなかったのか。

綾之助はそのことにまるで気づいていないというわけではなかった。しかし相手に男を感じた覚えはただの一度もなかった。そしてそれは相手も同じではなかろうかと思うのだった。

定まった妻こそいないようだが、近久は女に不自由はしていないはずだ。玄人にめっぽう人気があるようで、茶屋の女や矢場の女に深い馴染みがいるという噂も絶えなかった。それでいて綾之助とは幼いころに知り合ったからか、男女のもつれを匂わせるようなそぶりは微塵も見せなかった。近久は綾之助にとってあくまでも親切な小父さんであり、近久にとって綾之助は可愛いらしいお園ちゃんでしかなかったはずだ。

にもかかわらず、今日の相手はまるで恋人を寝取られでもしたかのような激しい憤りをぶつけてきた。少しはそれを恥じ入ったのか、急に声が沈んでいる。

「すまねえ、俺はほんとにどうかしてる。けど師匠、お前さんもどうかしてやしませんか」

「それはようわかってるつもりや。死んだお母ちゃんにも、きつう叱られた……」

そうだ、想いだした。あのとき自分は母に健太との祝言をあきらめるというつもりだったのだ。恋や祝言は浄瑠璃の中ですればいい。そこでは姫君にもなれば、英雄にもなれて、凡《なみ》の一生より何層倍か激しい生き死にが何度も繰り返せるのだった。

その浄瑠璃を人前で語って暮らしが立てられるとは、なんという果報者だろうか。やっぱりこんな素晴らしい芸の道を捨て去るなんて勿体ないことはとてもできない。そういいたかったのだ。

けれど、それを聞いてくれる相手はもうこの世にいなかった。浄瑠璃の中とはちがって、本物の世界では、人が一度死んだら二度と息を吹き返すことはないのである。

人の一生は一度きりだ。一度きりの一生を嘘偽りの世界で過ごすのは、それこそ勿体ないのではなかろうか。

「わたしが人前で浄瑠璃を語ってお金《あし》が取れるのも、綾瀬師匠や東玉師匠のお仕込みがあったればこそや。藤田の旦那さんや、ほかのご贔屓さんのお力添えも決して忘れたわけやない。津賀代さんをはじめ一座の皆さんにも迷惑をかけることになって、ほんまに相済《あいす》まんと思てます。そやけど、わたしが一番申しわけないと思う相手は、近久さん、あんたや」

綾之助は男の目をまっすぐに見た。

「あんたには、子どものころからきつうお世話になって、口ではいえんくらいの恩義を感じてます。そやさかい、真っ先にあんたに話して、許しを乞うつもりになりました」

両手を前につけげば、男はすぐにその手を取って押し戴くようにした。

「そこまでおわかりなら、どうして辞めるなどと仰言る。そら師匠だって二十歳を過ぎた女だから、男のひとりやふたりいたってふしぎはねえ。いくら新聞が書き立てようが、世間は承知をしてくれますよ。なんならあっしがお袋さんに代わって取り消し屋になってもいい。大手を振ってお付き合いをなさいまし。その上で高座を続けるという手がないわけじゃござんせんよ」

相手はようやく落ち着いた声をしている。綾之助も貸す耳がないわけではなかった。

「そういうてくれるのはもっともやと思う。そやけど近久さん、うちはどうしても、この赤子《やや》が産みたいんや」

腹に手をあてがいながら思いきって口にすると、相手は大きく目を剝いて、万事休すというふうに首を振った。

「なるほど、そういうことでしたか。そこに気づかなかったとは、へへ、あっしもつくづく頓馬だねえ」

自嘲ぎみに笑って一転、相手はたちまち真顔になる。

「退くのは半年、いや、せめてあと三月《みつき》か四月《よつき》待ってはもらえませんか。退き祝いのしたくもしなくちゃならねえし、それよりも、せっかくなら一世一代のお名残興行をして、めでたく語り納めといたしましょうよ」

近久は元が芝居の興行師だけに、派手な打ちあげ花火で綾之助を世間に広く売りだした過去がある。それによって綾之助は極めて幸先のいい門出を遂げた。芸界という沈めば恐ろしい泥の海を常に順風満帆で航海ができたのは、そのおかげともいえる。

最後に大きな打ち上げ花火をしたいという男の気持ちを汲《く》んでやるのは当然だろう。

「この躰があと半年もつかどうかはしれんけど、なんとかできるかぎりやってみましょ。近久さんもいろいろ話をつけんならん先があるやろし、万事はお任せをいたします」

「承知いたしやした。けど、あっしが承知したところで、どうなるかわかりませんぜ」

「それは、どういうこと？」

「まずはこれまで世話になった席亭の旦那方や、ご贔屓さんに話してみますが、席亭のほうはきっと黙っちゃおりませんぜ。人気絶頂の綾之助をいま喪えば、どれだけの損をこうむるか、考えないほうがおかしうござんすよ」

「もちろんそれもようわかってます。席亭もお引き留めにはなるやろが、そこをたってのお願いで、退くのを承知してもらいたい。あいだに立つ近久さんはさぞかし気苦労なことやと存じますが、これ、この通りや」

綾之助はふたたび両手をついて深く頭を下げるしかなかった。

相手はほとほとあきれたようにほうっとため息をついた。

「この世界で、ご自分がどんなに無理なわがままを押し通そうとしてるか、本当のところはご存じねえようだが、今にわかる日が来るでしょう。くれぐれもご用心をなさいまし」

近久は妙に凄味《どす》をきかせた声で怖い目をしたが、それが何を意味するのかはまだ少しもわからなかった。

綾之助の懐妊は新聞がはやばやとすっぱ抜いて、たちまち世間の知るところとなった。近久が各所に引退の断りをするなかでそれが洩れるのは当然だし、むしろ知らせる手間が省けたともいえる。

幸い大勢の女義たちは素直に祝福してくれたし、いたわりの言葉も多く寄せられた。もっとも自分の口から打ち明けた一座の者は、さすがに動揺が激しい様子だったが、それでも女は相身互いとして一応納得はしてくれた。

しかしながらどうやら納得をしそうもないのは、これまで綾之助を女神と崇め奉った男たちである。

高座にあがると決まって「綾ちゃん、辞めるなっ」と声がかかる。続けて「辞めるな、辞めるな」の大合唱になることもしばしばで、寄席は常に騒然とした。

それくらいならまだましなほうで、傍妬《おかや》きが高じて、「よがり声は聞きたくねえぞー」と心ない野次が飛び、「ボテレンは引っ込めー」と罵声が浴びせられ、果ては語っている最中におもちゃのラッパをブウブウ吹き鳴らす者まで出る始末で、ドウスル連の子どもじみた悪さには呆れるばかりだ。

今や黒御簾の上げ下ろしも大変で、速やかに下げないと座布団が飛んできたりもするからゆめゆめ油断はならない。

ここ青柳亭の夜席では、先ほどだれかの投げつけた蜜柑の皮がまともに肩衣の端に当たってポトリと下に落ちた。一瞬ひやっとしたが、とっさにそれをつかんで客席に投げ返したのは、いかにも綾之助である。幼いころは近所の男児としょっちゅう物の投げ合いをして、とかく負けず嫌いな性分は今も変わらなかった。

投げ返すと客席はワッと喝采して笑う者あり、「何を生意気なっ」と怒りだす者ありで大騒ぎとなり、当人はそそくさと楽屋に引っ込んで、

「酸っぱいもんが食べたかったさかい、いっそ中身ごとぶつけてくれたらよかったのに」

と嘯《うそぶ》くほどには、すでに度胸がすわっている。

ところがこの夜の騒ぎはそれだけでは済まなかったのである。

麴町の青柳亭から代地河岸の自宅まではお堀端をぐるっとまわって、日比谷から銀座通りを抜けるのが一番の近道だ。お堀端はちょうど陸軍省の参謀本部や練兵場が連なるあたりで、夜は人通りもなく真っ暗だが、幸い今夜は月明かりがこうこうとして、宮城の石垣のかたちまでよく見えた。

俥はガラガラと威勢のいい音を響かせながら、半蔵門から桜田門の方角へと向かっている。心地よい揺れに綾之助がうとうとしかけたところで、だしぬけに善公の怒鳴り声が聞こえた。

「お嬢、しっかりつかまってなよっ」

にわかに俥の速度が増すかにみえて、そうはならず、右に突進したかと思うと、こんどは急に左へ曲がるといったありさまで、お終いには同じ場所をぐるぐると旋回し始めた。

見れば十四、五人の男たちが円陣を組んで俥を取り巻き、じわじわとその輪を縮めてい

る。綾之助はさあっと背筋が寒くなったが、なるべく落ち着いた声を出そうとする。今はなにせ胎児を抱える身だから、以前のような暴走をされてはかなわないという思いもあった。

「善さん、俥を停《と》めてんか。なんのご用か、承《うけたまわ》ろうやないか」

善公は梶棒を下におろして腕まくりをしている。いくら腕っ節が強くとも、今は頭に白髪も多く、これだけ大勢を相手に独りで闘うのはとても無理だが、女を置いて逃げだすくらいなら腹をかっさばいて死んだほうがましだという俠気のなせるわざだろう。

「竹本綾之助だな」

円陣の一角から野太い声をあげたのは大柄な男である。だぶだぶの羽織の前にだらんと垂らした長い紐を首にひっかけ、裾の短い袴をはいたいでたちは、いかにもドウスル連の頭目といったふぜいである。顔ははっきりと見えないが、どうせ無精髭を生やした野蛮な人相にちがいない。

「さっきはよくもわが輩の顔に蜜柑の皮をぶつけてくれたな」

言葉遣いも書生風だが、一体どこの書生がこんな馬鹿げた因縁をつけるのか、学校の名を訊いてやりたいくらいである。酒が入った様子もないのがふしぎだった。

「たしかに投げ返したのは悪うございました。されど先にお投げになったのは、そちらさんではございませんか」

綾之助は堂々といい返して俥から降り立った。

「生意気なっ、謝らん気だな。そんならここで袋だたきにしてやるから覚悟しろ」

ふたたびさあっと背筋が寒くなるも、今さらいくら詫びたところで成りゆきは同じだろう。綾之助は持ち前の鍛えた喉を存分に使って、懸命に高笑いを響かせた。

「ホホホホホ、大の男が寄ってたかってか弱い女子を手込めにしたら、お手柄になるんでございましょうか。国元の親御様がもし聞かれたら、さぞかしお嘆きでございますよ」

「フン、減らず口を叩きおって。すぐに吠え面をかかせてやる」

この声で善公が武者ぶるいをした。綾之助もかすかにふるえながら善公のそばにくっついているしかない。男たちの輪は徐々に縮まるが、それはわざと焦らすようなゆっくりとした動きである。羽織袴は意外に少なく、着流し風体の者がほとんどで、ひとりを除いてほかにはだれも口をきかないのがまたふしぎだ。どうもただの無頼なドウスル連といった感じでもなさそうな気がした。

月明かりで凄味のある目つきがはっきりと見え、今はもうこれまでと、胎の子の命乞いをしようとしたそのとき、

「ちょっと待ったっ」

彼方の闇からひと声あがって、素早くこちらに近づいてくる人影がある。

月明かりに浮かびあがったのはこれまた大柄な男で、角刈りの頭に着流し半纏《はんてん》の職人風、というよりも、どうやら渡世人とおぼしい。

「大勢で寄ってたかって女を取り囲むなんざ穏やかじゃねえなあ。さっさと退いたほうが身のためだぜ」

「黙れっ、黙れっ。お前は何者だ。邪魔立てしたら容赦はせんぞ」

「俺は界隈でちったァ知られた柴田組四天王のひとり、毘沙門《びしゃもん》の源蔵てェもんだ。てめえらのような書生っぽどもに、ここでむざむざと無法な真似はさせられねえ。そっちが退かぬとあらば、俺が相手になってやる」

源蔵と名乗る男が懐に呑んだ匕首《あいくち》を抜いて月光に翳すと、あたり一面ピカピカとして、ドウスル連は大いに怯んだ。じりじりと後退し、途中でくるりと向きを変えて一斉に逃げだすさまは、いささか芝居もどきで滑稽に見えた。

「おけがはござんせんか」

といいながら毘沙門の源蔵はこちらを振り向いて、ハッとした顔つきだ。

「お前さんはたしか、竹本綾之助さんじゃござんせんか」

「へえ、左様で。只今は危ないところをお助け戴きまして、ほんまにお礼の申しようもございません」

綾之助は尋常にふかぶかと頭を下げ、善公もそれに倣った。

「一体どうしなすった。何かわけでもございましたか」

やさしい声を出してはいるが、相手は先ほどのドウスル連よりさらに強面の人相で、綾之助も気は抜けない。ひとまず訊かれるままに今宵の顚末をひと通り述べると、

「なるほどねえ。そりゃ連中が悪いのはもちろんだが、そもそもお前さんが寄席から足を洗うなんてことをいいださなけりゃ、あんな怖い目をみなくても済んだんじゃねえですかい」

源蔵は鋭い眼つきでじいっとこちらを見ながら、口もとに薄笑いを浮かべている。

綾之助はいささか怪訝《けげん》な表情だ。

「わたしが高座から退くことを、あなたはどうしてご存じで？」

「そりゃもう巷でも大きな噂になり、寄席のほうがだいぶ困ってるらしいと、けさ親分から聞いたばっかりでして」

綾之助は一瞬にして今宵の真相が何もかも呑み込めたような気がした。

「俺がたまたま通りかかったからいいようなもんの、へたすりゃお前さん、フフフ、連中の輪姦《まわし》にでも遭うとこですぜ」

これはあきらかな脅しであった。先ほど自分を襲ったドウスル連もどきの連中は、きっとこの男とグルだったにちがいない。断じてこんな脅しに屈するわけにはいかないと、持ち前の負けん気がむくむくと頭をもたげた。

「もしそんなことにでもなったら、わたしはその場で舌を嚙んで死にます。そしたら元も子もなくなって、だれも得はせえへん。いくら脅したかて無駄なことやと、あなたの親分さんにお伝えくださいい」

きっぱりといい切って、これから始まる大きな戦《いくさ》に鏑矢《かぶらや》を放てば、相手は虚をつかれた面もちで、しばしこちらの顔を見守った。

「ハハハ、可愛らしい顔をして、妙なことを仰言るもんだ」

毘沙門の源蔵は乾いた笑い声を闇に大きく響かせた。

「おお、そういえば界隈に物騒なくせ者が出るという噂もありますんで、くれぐれも用心をなさいましよ。なにしろ女と見れば、すれちがいざまに飛びかかって刃物で顔をばっさりやるんだそうで、そしたらその可愛らしいお顔も台無しですからねえ」

相手はあくまで脅しをかけ続けたが、これはただの脅しとばかりはいえなかった。

近ごろ山の手辺で女の顔切りという賊が出没する話は新聞種にもなり、世間を大いに騒がせている。そうした賊を装って危害を加えられたら事だから、以来、綾之助は寄席の往き帰りには俥上で必ず木彫りのお面を付けるようになった。

脅しをかけられたのはわかっても、一体だれが陰で糸を引くのかさっぱりわからないのはぶきみである。

まさか青柳亭の斎藤ではあるまいと、その品のいい面長な顔を目に浮かべたものだ。近くには喜吉《きよし》亭や万長亭もあるけれど、いずれの席亭もそんなひどい真似はしそうになかった。

初高座で世話になった新柳亭の立花にはこんこんと意見をされ、顔さえ見ればなんとか考え直すようにしつこく説得をされ続けている。だが、あの親切な席亭が脅しをかけたとは思いにくい。

あくの強い人相をした宮松亭の片山や、東橋亭の加藤には面と向かって相当の文句や嫌みをいわれたけれど、だからといって黒幕の張本人と決めつけるわけにもいかなかった。

鶴仙亭の唐沢や、大ろじ亭の笠倉や、末広亭の石原や、自分の知る席亭の顔が次々と目に浮かんでは消えてゆく。

綾之助が寄席を引退することで損をこうむるのは席亭だけではなかった。

もっと困るのは一座の女義だろうし、表向きはともかくも、内心は頼み甲斐がない座長だとして、愛想を尽かしているのではなかろうか。

ひょっとしたら、そうした女義たちの贔屓が怒って嫌がらせをしたのかもしれない。

そんなふうに邪推してしまうのは、この世界に飛び込んだばかりのときに浅草の文楽座で受けた嫌がらせを想いだすからだ。

思えば芸の道は入るときも、出るときも、周囲との軋轢《あつれき》が避けがたいのだろうか。あのとき自分を守ってくれた母親はもういないのだということが、ひしひしと胸にせまる。

頼りにする石井健太は貿易商のあるじとして仕事を始めたばかりだから、こちらがそうそう面倒はかけられないし、世話をしてくれるはずの近久が近ごろはなぜかさっぱり姿をあらわさないのはふしぎだ。各所のご贔屓や席亭に引退の話を伝え歩くので忙しいのだろうとは思いつつも、いちいち知らせをよこさないのがどうも腑に落ちなかった。

まさか……とは思いつつも、ひとつの疑惑がどんどん大きくふくらんでいる。

竹本綾之助の廃業で一番損をするのは近久だった。あれだけ尽くして、こんな裏切り方をされるとは思ってもみなかったのではないか。あのとき激しく憤ったのは当然で、そのあとむしろ妙にあっさりと承知をしてくれたほうがおかしいような気もする。

ああ、しかし何もかも邪推なのかもしれなかった。自分を襲ったのはやはりたちの悪いドウスル連で、たまたま通りかかった渡世人が親切に助けてくれたのだろう。

いや、断じてそうではない。やはりだれかが廃業を恨んで脅しをかけたに決まってる。胸のうちにはふたつの声がせめぎ合う。

すべてが妄想かもしれず、あるいはこれと定めることもできないくらい大勢の人を敵にまわして、孤軍奮闘を余儀なくされている気もした。

身ごもったせいか体調も日によってころころと変わり、綾之助は疑心暗鬼の海を漂う小舟のように、日々の些細な波立ちで大きく浮きつ沈みつする。勢い寄席は休みがちとなり、苦情が相次ぐなかで、気分はますます落ち込んでいった。

その男は突然わが家を襲ってお米《よね》に驚きの声をあげさせた。あわてて玄関に駆けつけた綾之助はしばしかける言葉もなく、かろうじてこういうのみだ。

「……あんた一体、どないしたん……」

「どうもこうもありゃしねえ。ここしばらく骨接《ほねつ》ぎの医者にかかっておりまして、歩けもしなかったもんで、ご挨拶ができずにすっかりご無礼をいたしました」

近久は左手に杖を持ち、右手は白い布が巻かれて首から吊り下げるというありさまだ。額や頬には傷痕《きずあと》らしきものが見える。

「何があったんやっ」

と叫ぶようにいえば、軽くいなすように笑った。

「へへへ、間抜けな話でねえ。さる旦那とご一緒に飛鳥山で花見をしたら、しこたま酔っぱらって崖から落っこちたんですよ」

綾之助は自身も以前にご贔屓からお誘いを受けて、王子村の飛鳥山に足を伸ばしたことがあったが、そこは山といっても低い丘陵で、さほど切り立った崖を見た覚えはなく、かりに転がり落ちたとしても、ここまでひどいけがをするとは思いにくい。

「まあ、あがって、ゆっくり話を聞かせてんか」

「あがっても座ることが適いませんから、立ち話で失礼をいたします。そんなわけで、ご報告がすっかり遅れましたが、席亭の旦那方に辛抱強くお話しをした甲斐があって、皆さまちゃんとご承知をして戴きました。へへへ、そのうちほうぼうから退き祝いが届きましょうよ。ああ、これでやっと師匠も安心して縁づきができるてェもんだ」

「近久さん、あんた、ひょっとして、うちのために……」

だれかの機嫌を損ねて、手先から袋叩きにでもされたのではないか。いや、躰を張って、自分のわがままを通してくれたにちがいない。そうだとすれば、この相手を一瞬でも疑ったことは、あまりにも申しわけなくて済まなかった。

綾之助の眼は涙に濡れてきらきら光っている。近久はそれを遠くに眺めるように見て、こうつぶやいたものだ。

「星と輝き、花と咲き……」

綾之助は首をかしげた。

「お忘れですかい？　ほら、あの書生の手紙に書いてあった……いや、よしましょう。嫌なことは想いださねえほうがいい」

おかしなもので、記憶がいいはずの綾之助がすっかり忘れた言葉を、近久はやけによく憶えていたのである。

「師匠、いや、お園ちゃん、お前さんをむりやりこの世界に引っ張り込んだのは俺だ。俺が見込んだ通り、お前さんは、この世界で星と輝き、花と咲いて、俺の夢をかなえてくれた。俺ばかりじゃねえ。お前さんはみんなの夢だった。その夢を最後まで壊すことなく、きれいに足を洗ってほしいと思う。俺はそういって、席亭やご贔屓の皆様方をさんざん口説いてまわりました」

近久もまた目にうっすらと涙を浮かべている。

「これで晴れて一世一代のお名残興行が打てます。初高座を務めた新柳亭が早くも名乗りをあげておりますから、義理立てをして場所はそこと定めたところで、さあ、大勢のご贔屓さんから退き祝いの後幕《うしろまく》を頂戴しなくちゃならねえ。後幕ばかりじゃねえ、ご祝儀もたっぷりと頂戴して、へへへ、あっしもこの際しっかりと稼がせてもらいますよ」

男は敢えてしたたかないい方をして、女の気持ちを少しは楽にさせる度量があった。

「さあ、そうと決まれば一世一代の演目《だしもの》は何にいたしましょうかねえ。『酒屋』じゃちと地味かもしれん。『先代萩』でお客をたっぷりと泣かすのもいいが、『十種香』でうっとりとさせるのもようござんすねえ。『太十』か『阿波鳴』で昔を偲《しの》んでもらうという手も……」

綾之助はきっぱりといいきった。

「そのことは綾瀬師匠にご相談をしてみます」

芸名を捨てるに当たって、綾之助はだれよりもまず、一字を譲られた相手にきちんとした挨拶がしたかった。

久々に会った相手は、淋しそうに笑いながらこういった。

「せっかくなら手垢にまみれた曲よりも、まっさらな曲を披露したほうがよかろう。お名残に、わしが仕込んで進ぜましょう」

「ほんまですか。お師匠さんは、もう辞めようというわたしに、まだ教えとォくれやすのか」

大きく声がはずんで、胸が高鳴る。綾之助はこの期に及んでもなおまだ新曲が習えるという歓びに打ちふるえた。身重《みおも》であることなど気にしていられなかった。

かくして最後の高座に臨んで新たに習ったのは「日吉丸《ひよしまる》稚《わかき》桜《のさくら》」の三段目、「駒木《こまき》山《やま》城中」の段である。

「これはお前さんが得意な『太十』と同じ太閤記物で、曲の手に少し似たところがある。語りだしの文句が『散る花の、別れをしばし慰むる』で、お名残の高座にはふさわしかろうと思ってねえ」

という師の厚情には、涙がこぼれるほどに感じ入ったものだ。

腹から声を出すのがいいのか、新曲を習うとそこに気が集まるからいいのか、あるいは悪《つわ》阻《り》の時期がようやく抜けたのかもしれなかったが、稽古に入ると体調は思いのほかよくなって、この分ならお名残の高座を無事に務めることができそうだという自信が持てたのも幸いである。

引退が本決まりとなれば、こちらから出向いて挨拶をしなければならない相手はほかにも大勢いた。

初めて会ったときは見あげるような大きな人だった平井医師が、今や小柄な老人として目に映るのは感無量だった。幼いころは、高座にあがると真っ先にこの人の円い眼鏡を探して、見つけると気持ちが落ち着いたものである。

「正直いうと、同じ東京にいながら、綾ちゃんはなんだか遠い国に行ってしまったようで、僕らは淋しかったからね。辞めると聞いて、少しほっとしたよ」

「これからは毎日でも遊びに来てくださるのを、待っておりますわよ」

と平井夫婦はふたりして綾之助の引退を心から歓迎するようだった。

医師宅に姿を見せた綾之助のもとへは、近所に住む最初のご贔屓がぞくぞくと押しかけてきた。白髪が増え、背骨はすっかり曲がって、涙を流しながら綾之助の手を握る年寄りもいれば、母親の位牌を携えてわざわざ会いに来た息子もいる。いずれも早い引退を惜しみながらも、やさしい声でこれまでの労をねぎらってくれたのはありがたかった。

貴顕紳士のご贔屓へもご挨拶に伺ったのはいうまでもない。

今や真っ白な頭で玄関の間にあらわれた渋沢栄一は、昔と同様、細い垂れ目をさらに細めてこういったものだ。

「綾ちゃんが初めてうちに来たとき、ハハハ、厠を探して迷子になったのを想いだしたよ。しかし、その若さで引退できるとはうらやましいかぎりだねえ。わしはまだまだできんで、これからも苦労しそうだ」

退き祝いのお呼ばれも相次いで、とてもすべてのご贔屓にはお付き合いしかねると思っていたら、酒問屋の藤田が幸い何人かの有志をまとめて新喜楽という築地の大きな料亭で宴を催してくれた。もっとも身重の躰では名残の盃も一杯かぎりで辞退しなくてはならない。

「おやおや、綾ちゃんはいける口だったはずだが……」

と藤田の不審を買って、綾之助はそっと腹を押さえて見せる。

ところが最後にどうしても酌がしたいといって、店の女将が姿をあらわした。

「あたしを憶えておいでてございますか？」

銚子を持った女将にさりげなく問われて、綾之助は首をかしげている。大きな丸髷を結った女将の顔は、どうもどこかで見たような気がするのだけれど、この料亭に来たのは初めてなのだ。

「フフフ、つれない子だねえ。あのときは、あたしの顔を憶えててくれたから、ごちそうしてあげたのに」

「ああ、あのお汁粉屋の……」

おのずと子どもに返ったように声がはしゃいだ。丸髷に結っているから一瞬わからなかったが、切れ長のきれいな眼を見ればまぎれもない、相手は芳町芸者にこの人ありと知られた、おきん姐さんではないか。

「憶えていてくれて、ありがとうよ。なにしろお前さんは一時《いっとき》あたしの恋人だったんだからねえ。忘れてもらっちゃ困るけどね」

女将はけらけら笑って綾之助の背中をポンと叩いた。綾之助も共に笑いながら、互いの身に流れた十余年という、長いようで短い、短いようで長い歳月を偲ばずにはいられなかった。

人の一生はこうしてだれかと出会い、すれちがって、またたれかと出会うというようなことの繰り返しなのかもしれない。

物語はかならずしも浄瑠璃の中にあるだけではなかった。

人はそれぞれの物語を持ち、そこに他人を住まわせ、自分もまた他人の物語の中に住んで、共に生きているのだ。

綾之助は引退を前に懐かしい多くの人と再会して、そのことを痛感した。

自分の本当の物語はまだまだこれから始まるのだった。

明治三十一年六月十五日、先年の花火大会で欄干が崩落した両国橋は今また倒壊が懸念されるほどの人出でごった返し、日本橋署の巡査が出て警戒に当たっている。

人びとが目指すのは橋詰めの新柳亭で、今宵いよいよ竹本綾之助の語り納めとあって、木戸口には早朝から長い行列ができた。到底入りきれない多くの群衆は十重二十重に取り巻いて、堅牢な土蔵造りの建物を打ち壊しかねない殺気立った雰囲気である。

中はさらに阿鼻叫喚《あびきようかん》といったありさまで、下足番は地獄の邏卒もかくやの形相をして客を怒鳴りつけ、突き飛ばし、追い立てるようにして二階へと案内する。

二階には臨時の桟敷もこしらえてあるが、それはいつ底板が抜けてもおかしくないほどの大人数であふれ返っていた。一階畳座敷は枡の仕切りを取っ払って座布団も敷かず、人びとはみな膝を抱えて一寸の身動きもならない。窓を開ければ涼しい風が吹き込むはずの新柳亭も今宵ばかりは地獄の釜さながらの熱気で沸き立ち、あちこちで押し潰されそうになった女たちの悲鳴が聞こえ、男たちは歓声とも怒号ともつかない雄叫びをあげている。

舞台の袖から窺う近久は、出を待つ綾之助を顧みた。

「どうです、師匠。ご覧なさいまし。竹本綾之助を惜しむ人がこれだけ大勢いても、あなたのお気持ちは変わりませんか」

綾之助はにっこりと微笑んだ。実にすがすがしい笑顔である。

「それはありがたいことやと思てます。けど、今日がほんまに最後の最後や。近久さんも、長いあいだ、お疲れ様でございました」

この寄席には真打披露でも近久がむやみに人をかき集めて大混乱した、今となっては実に懐かしい想い出がある。あまりの喧騒に綾之助は怯んだが、「嫌やったら、止《や》めてもええのやで」と、お勝がいったひと言ですうっと気分が落ち着いたのだ。

そのお勝はもういない。それでも平気なのは、自ら芸人をやめると独りで宣言し、現にこうしてできるからだろう。

今宵は東玉を筆頭に大勢の女義や、片山らの席亭連も次々と楽屋へ挨拶に訪れて、口々に早すぎる引退を惜しんでくれた。一座の仲間は涙ながらに別れを哀しみ、なおも引き止めたい気持ちを覗かせていた。

けれど綾之助の心はもう揺るぎがなかった。母が死んだことで、自らがたとえ悪者になっても意志を貫く覚悟と自信がようやくできたのである。

「へへへ、あっしはまだあきらめちゃァおりませんぜ。あなたがいくら綾之助の名を捨てようとしても、綾之助のほうがあなたを見捨てやしませんよ。今は堅気の暮らしに憧れてらっしゃるようだが、かならずまた高座にあがりたくなるはずだ。五年、いや十年たってもいいから、また気が変わったら、遠慮なくここへもどってらっしゃいな」

近久がなおもしつこく喰いさがるので、綾之助はおかしそうに、それでいて少し淋しそうに笑っている。

「ホホホ、近久さん、大切《だいじ》な最後の出番を前に、笑わさんといてえな。十年たったら、わたしはもう三十四ィえ。子どもが何人いてもおかしうない年ごろやないか。そんな歳で帰り咲きができますかいな。たとえ高座に復帰したところで、人様は見向きもなさるまい」

「いいや、きっと帰り咲きさせてみせます。竹本綾之助はそんじょそこらの芸人じゃねえ、この近藤久次郎が見込んだ、天からの授かりもんだ。天が見放さないかぎり、あなたはかならずや、ここにもどってらっしゃいます」

近久もまた妙に自信たっぷりだった。

「へへへ、十年たったら、またあっしがお迎えにあがりますから、覚悟してお待ちくださいまし」

その声にはもう耳を貸さず、綾之助はすたすたと高座へ歩み寄る。高座にあがると舞台の袖でこれも聞き納めとなる口上の声がした。

「東西トーザーイ。このところお耳に達しまする浄瑠璃名題、『日吉丸稚桜』三段目、『駒木山城中』の段。相勤めまする太夫、竹本綾之助、竹本綾之助……」

これでまず場内がどおっと沸いた。黒御簾がスルスルあがれば「綾之助、辞めるなあー」と野太い声、「綾ちゃん、辞めないでー」と黄色い声、さまざまな喚声が耳を聾せんばかりに響き渡って、相三味線のオクリはかき消されてしまう。

場内を見渡せば、周囲に押し潰されそうになりながら、袖口でしきりに目もとを押さえる若い女たちや、孫娘が嫁ぐのを見送るような眼差しをした年寄りの姿があった。

ふいにひとりの男が壁を背もたれにして立ちあがると、何やら叫んで長い羽織の紐を振りまわした。すぐに隣も立ちあがり、ひとり、またひとりと続いて、いつのまにか壁際にずらりと並んだドウスル連たちが長い紐を一斉にぐるぐる振りまわしながら大口を開けてワアワアいう。

石井健太がかつていったものだ。「君の声を聞くと、力がつく」と。

果たしてあの連中も自分の声を聞いて力がついたのだろうかと思えば、名残り惜しさに胸が熱くなった。

されど綾之助にはもうその声も、場内の喧騒は何ひとつ聞こえなかった。

「散ーるー花のー、別れをしばーしー」

ゆっくりと語りだせば、わが声だけが耳にしみ通ってくる。

自らが最後の声を出し惜しみするように、一語一語、一字一字の音《おん》の上げ下げをたしかめながら、思い通りの声を出すことに気持ちを集中している。

これよりちょうど十年後、近久の予言通り、綾之助はめでたく高座に帰り咲きして、さらなる凄まじい大歓声で迎えられることなぞ、今は知る由もなかった。

三十四歳で、三児の母となってもなお、星と輝き花と咲く、類い稀なる天分と強運に恵まれた身を、自らはなんとも思っていないのである。

竹本綾之助はただただ好きな浄瑠璃を語り続ける、永遠の美少女なのだ。

写真提供　四代目竹本綾之助

初代竹本綾之助（一八七五〜一九四二）

初日《しよにち》の綾之助《あやのすけ》

踊り咲の初代竹本綾之助は愈《いよ〳〵》一日から両國の立花家に中立派の初看板を揭げたが若い時代に買込んだ人氣は非常なもので中爺さんの昔の堂摺連を始めとして生々しい手拍子連が折柄の雨を物ともせず詰込んだので六時頃には滿員札を揭げた程の大景氣であつた

綾之助の復帰を伝える新聞記事

明治四十一年十月四日　東京朝日新聞

主要参考文献
『明治の演芸』（一）〜（八）　倉田喜弘（国立劇場調査養成部芸能調査室）
『江戸東京　娘義太夫の歴史』水野悠子（法政大学出版局）
『知られざる芸能史　娘義太夫――スキャンダルと文化のあいだ』水野悠子（中公新書）
『娘義太夫――人名録とその寄席』水野悠子（国立劇場芸能調査室）
『浄瑠璃素人講釈』杉山其日庵（岩波文庫）
『新修大阪市史』新修大阪市史編纂委員会（大阪市）
『竹本綾之助艶物語』加丸入登（三芳屋）
『学生の歴史：学生生活の社会史的考察』唐沢富太郎（創文社）
『おもちゃの話』斎藤良輔（朝日新聞社）
『図説　いま・むかし　おもちゃ大博覧会』兵庫県立歴史博物館（ふくろうの本）

取材協力　社団法人　義太夫協会　http://www.gidayu.or.jp/

本書は書き下ろしです。

松井今朝子（まつい・けさこ）
一九五三年京都府生まれ。
早稲田大学大学院修士課程修了後松竹株式会社に入社、歌舞伎の企画・制作に携わる。退社後フリーになり歌舞伎の台本等を手がける傍ら、一九九七年『東洲しゃらくさし』で小説デビュー。同年『仲蔵狂乱』で第八回時代小説大賞を受賞。二〇〇七年『吉原手引草』で第一三七回直木賞を受賞。著書に『そろそろ旅に』（講談社）、『円朝の女』（文藝春秋）などの小説のほか、歌舞伎ガイド『歌舞伎の中の日本』（NHKブックス）、ブログをまとめた『今朝子の晩ごはん』（ポプラ文庫）などがある。
http://www.kesako.jp/

N.D.C.913 263p 20cm

星《ほし》と輝《かがや》き花《はな》と咲《さ》き

二〇一〇年七月一五日 第一刷発行

発行所 株式会社講談社
発行者 鈴木 哲
著 者 松井《まつい》今朝子《けさこ》

定価はカバーに表示してあります。

東京都文京区音羽二―一二―二一 〒一一二―八〇〇一
電話 編集部 〇三―五三九五―三五〇五
販売部 〇三―五三九五―三六二二
業務部 〇三―五三九五―三六一五

印刷所 豊国印刷株式会社
製本所 島田製本株式会社

ISBN978-4-06-216355-2